罠地獄（わなじごく）

制裁請負人

（『罠地獄 危機抹消人』改題）

南 英男

祥伝社文庫

目次

本書の主な登場人物

鬼丸竜一……40歳。凶悪犯罪を未然に防ぐ悪党ハンター。元公安調査庁職員。

堤　航平……50歳。警視庁捜査一課特命捜査対策室。鬼丸の協力者。

蛭田　仁……30歳。元総合格闘技プロ選手。賞金稼ぎのデス・マッチ屋。協力者。

橋爪　昇……43歳。毎朝タイムズ社会部記者。鬼丸の協力者だが正体は知らない。

玄内　翔……27歳。クラブDJ。元検察事務官。鬼丸の協力者。

御木本　滋……41歳。ナイトクラブ『シャングリラ』オーナー。元カーレーサー。

押坂　勉……40歳。鬼丸が公安時代に潜入した過激派の幹部で、長期間意識不明状態。

押坂千草……35歳。押坂の妹。

吉永万里江……30代前半。音楽配信会社経営。何者かに狙われている。

下村正和……45歳。建築家。万里江と一カ月前まで不倫関係。

酒見陽子……30代半ば。ベンチャー企業家。万里江が投資家を横奪りしたと恨む。

吉永裕樹……27歳。万里江の弟。逆援助交際クラブ『エンジェル』主宰。

星野香織……38歳。『エンジェル』会員。夫は三億円を横領して逮捕留置中。

反町潤一……39歳。報道写真家。難民救済団体『アースチルドレン』代表。

謝建保……50歳。タイの華僑実業家。妻メルグイは里親斡旋団体代表。

額賀さつき……御木本の独身時代の恋人でビデオジャーナリスト。パキスタンで横死。

プロローグ

顔が綻んだ。

安いキャンティワインだったが、思いのほか味はよかった。喉ごしの切れも悪くない。

鬼丸竜一は一息にグラスを空け、手酌でワインを注いだ。

西麻布の裏通りにある小さなイタリアン・レストランだった。十二月上旬のある夕方だ。

鬼丸は恋人のマーガレット・タイナーと窓際のテーブルで向かい合っていた。

二十六歳のマーガレットは、オーストラリア出身のファッションモデルだ。大柄で、その容姿は人目を惹く。澄んだ瞳はスティールブルーだった。金髪である。肌は抜けるように白い。

「あら、雪だわ」

マーガレットが滑らかな日本語で言った。

鬼丸は、嵌め殺しのガラス窓の外に視線を放った。粉雪がちらついている。

「暖冬になるだろうって予報だったが、師走に入って早々に雪か」

「日本の雪はとても風情があるわ。わたし、好き……」

「おれも嫌いじゃないよ」

「ハイスクール時代に川端康成の『雪国』を読んだの。もちろん、母国語版でね。それで俄然、日本に興味を持つようになったわけ」

「そうだったのか。いまやマギーは、平均的な日本人よりもこの国の歴史や文化を識ってる。実際、学識は豊かだよ」

「そんなにおだてないで」

マーガレットが東洋人のようにはにかんだ。幾分、頬が赤らんでいる。愛らしかった。鬼丸は目を細めた。

マーガレットが来日したのは、およそ三年半前だ。それ以来、彼女はモデルの仕事で生活費を稼ぎながら、日本の伝統芸能や文化の研究に励んでいる。

ことに能には精通していた。『風姿花伝』の全文をほぼ諳じているほどだ。〝秘すれば花〟という一文が気に入っているようだった。

二人が知り合ったのは、一年半あまり前だ。南青山の画廊で背と背をぶつけ合ったことがきっかけで、口をきくようになった。

その数日後、二人は偶然にも再会した。何か縁があるのかもしれない。鬼丸はそんな気がして、マーガレットを馴染みのショットバーに誘った。断られなかった。

　話が弾み、夜明け近くまでグラスを重ねた。二人は別れしなに互いのスマートフォンの番号を教え合い、半月後に親密な仲になった。

「この雪、積もるかしら？」

「残念だが、すぐに解けるだろうな。それほど冷え込みは厳しくないから」

「そういえば、確かにそうね」

「またクリスマスが巡ってくるな。何か欲しい物は？」

「いつも竜一から愛情をいっぱい貰ってるから、品物は何もいらないわ」

「欲なしだな。それじゃ、何か喜んでもらえそうなプレゼントを考えておこう」

「あなたは何が欲しい？」

「若返りの薬があったら、ぜひ手に入れたいね。おれも、ついに四十歳になってしまった。マギーのパトロンか何かに見られるのは哀しいからな」

　鬼丸は冗談半分に言い、ロングピースに火を点けた。ヘビースモーカーだった。酒飲みでもあった。

「そういうジョークは、まだ似合わないわ。それに年齢を取るのは自然なことでしょ？」

「まあね」

「四十歳というのは一つの節目なのかもしれないけど、必要以上に自分の年齢を意識することはないと思うの」

「そうだな」

「話は飛ぶけど、クリスマスが過ぎるまでお店忙しいんでしょうね？」

マーガレットが訊いた。

鬼丸はうなずいた。彼は、六本木五丁目にあるナイトクラブ『シャングリラ』の専属ピアニストだ。しかし、それは表の顔に過ぎない。

鬼丸の素顔は一匹狼の悪党ハンターである。平たく言えば、〝私立刑事〟だ。犯罪防止人で、制裁請負人とも言える。鬼丸は裏仕事で営利誘拐、爆破、暗殺などの凶悪犯罪計画を暴き、首謀者たちの牙を抜いている。

依頼主は国内外の保険会社、商社、銀行、大物政財界人、プロのアスリート、マスコミ文化人、芸能人、企業舎弟と雑多だった。成功報酬が多額なら、どんなに危険な依頼も決して断らない。それどころか、大歓迎だ。

犯罪の芽を摘んでいるのは、別に青臭い正義感に衝き動かされたからではない。目的は、あくまでも金だった。といっても、鬼丸は金の亡者ではない。ある事情があって、まとまった金を工面しなければならないのだ。

鬼丸はピアノ弾きだが、音楽大学出身ではない。三歳のときからピアノを嗜んでいるが、音楽で生計を立てる気はまったくなかった。

現に鬼丸は名門私大の法学部を卒業すると、公安調査庁に入った。なんとなくサラリーマンになりたくなかったからで、特に思想的な動機があったわけではない。

公安調査庁は破壊活動防止法に基づいて、一九五二年に設けられた法務省の外局である。しかし、実質的には検察庁の下部機関と言ってもいい。

組織は総務部、調査第一、二部で構成されている。鬼丸が配属された調査第一部の調査対象は、日本共産党と新左翼だ。調査二部はロシア、朝鮮総連、中国、右翼などを担当している。

全国に八つの公安調査局、四十三の地方公安調査局がある。職員数は約千六百人だ。その大半が調査対象の団体に潜り込み、スパイづくりに精出している。警察と異なり、公安調査庁には強制捜査権はない。公安調査官たちはもっぱら〝協力費〟という名目の金をばら撒き、不穏な組織に関する情報を収集しているわけだ。

鬼丸は八年半ほど前、ある過激派セクトにまんまと潜り込んだ。

言うまでもなく、身分は隠したままだった。鬼丸は一カ月も経たないうちに、同い年の幹部と打ち解けた。その男は押坂勉という名だった。お坊ちゃん育ちの押坂は、ほとんど他人に警戒心を懐かなかった。最も取り込みやすいタイプだ。

鬼丸はゲリラ闘争の必要性を熱っぽく語りつづけた。

押坂は鬼丸をすっかり信用し、無防備にも自宅に招いてくれた。そればかりではなく、千草という五つ違いの妹まで紹介してくれるのである。無防備も無防備だ。

　鬼丸は連日、押坂と会った。

　千草と顔を合わせる機会も多くなった。押坂の妹は気立てがよく、目を惹く美人だ。聡明でもあった。

　鬼丸は千草と会ううちに、いつしか心を奪われていた。いったん燃え盛った恋の炎は消しようがなかった。千草のほうも、鬼丸に特別な感情を寄せている様子だった。

　そうした気の緩みからか、鬼丸は押坂にも次第に心を許すようになってしまった。ミイラ取りがミイラになるかもしれない。そんな危うさを感じつつも、つい職業意識を忘れがちだった。

　そんなある晩、鬼丸は押坂ととことん酒を酌み交わした。深酒が災いして、もう少しで素姓を看破されそうになった。

　鬼丸は、にわかに落ち着きを失った。自分が公安調査官であることがわかったら、押坂はもちろん、千草にも軽蔑されるにちがいない。そう考えたとたん、鬼丸は冷静ではいられなくなった。どうしても千草を失いたくない。その思いだけが、いたずらに肥大した。

　最後の酒場を出て間もなく、鬼丸は衝動的に押坂を歩道橋の階段から突き落としてしまった。ほとんど無意識の犯行だった。頭から真っ逆さまに階段の下まで転げ落ちた押坂の意識は、混濁しているように見えた。口を封じなければ、大変なことになる。

とっさに鬼丸は、押坂の息の根を止めようと考えた。

だが、それはさすがに実行できなかった。鬼丸は狼狽し、罪の大きさに戦いた。恐る恐る周りをうかがうと、幸運にも人の姿は見当たらなかった。

鬼丸は急いで犯行現場から遠ざかった。

そのくせ、そのまま逃げ去ることにはためらいがあった。やはり、押坂の安否は気がかりだった。胸の奥では、押坂の死を望む気持ちと一命を取り留めてほしいという思いが烈しくせめぎ合っていた。

やがて、通りかかった初老の紳士が押坂に気づいた。彼は押坂の手首の脈動を確かめると、すぐさま救急車を呼んだ。対応は速かった。

鬼丸は救急車が走り出すのを見届けてから、重い足取りで家路についた。後悔の念にさいなまれ、明け方まで寝つけなかった。

翌日、鬼丸はセクトの仲間から押坂が腰の骨を折り、脳挫傷を負ったことを聞かされた。押坂は救急病院でただちに開頭手術を受けたのだが、結局、植物状態に陥ってしまったらしい。彼は半月後に八王子市内の病院に移された。いまも寝たきりのままだ。

鬼丸は体調がすぐれないと偽り、過激派組織から遠のいた。

千草が鬼丸を怪しむ気配は、少しもうかがえなかった。余計に良心が疼いた。

しかし、鬼丸は千草に事実を打ち明ける勇気がなかった。自己嫌悪感だけが膨らんだ。

とうとう鬼丸は罪悪感に耐えられなくなって、自ら公安調査庁を去った。後ろ暗さを早く拭いたかったのだ。その翌月、アメリカに渡った。

鬼丸は知人の紹介でボストンの危機管理コンサルタント会社やサンフランシスコの保釈金貸付会社などで働き、二年数カ月後に帰国した。疚しさが消えたわけではなかったが、望郷の念に駆られたからだ。

その後はナイトクラブの専属ピアニストで糊口を凌ぎながら、せっせと裏仕事をこなしている。

『シャングリラ』のオーナーの御木本滋は、大学時代のボクシング部の一学年先輩だった。元カーレーサーである。御木本は数年前に離婚して、目下、独身だ。交際している女性はいるようだが、詳しいことは知らない。

御木本は、鬼丸の裏稼業にはまだ気づいていないはずだ。もともと彼は、他人の私生活には関心を示さない。個人主義者だが、後輩の面倒見は悪くなかった。

鬼丸は御木本にも恩義を感じているが、入院中の押坂には大きな負い目がある。

押坂は、世の中のはぐれ者たちが共生できるコミューンの建設を本気で夢見ていた。鬼丸自身は押坂の計画を稚いと思っているが、彼の夢をなんとか叶えてやりたい。一種の罪滅しだった。

押坂の夢を実現させるには、差し当たって二十億円が必要だ。まだ裏ビジネスで三億円しか稼いでいない。目標額に達するまでは、二つの顔を使い分ける気でいる。

「あっ、煙草の灰が落ちそうよ」

マーガレットが切迫した声をあげた。鬼丸は回想を断ち切って、煙草の火を揉み消した。

ちょうどそのとき、注文した魚料理とパスタが運ばれてきた。鬼丸とマーガレットは、相前後してナイフとフォークを手に取った。

それから間もなく、店の前を三十一、二歳の美しい女性が走り抜けていった。怯えた表情だった。誰かに追われているらしい。

ほどなく追っ手の男たちの姿が鬼丸の視界に映じた。

二人だった。どちらも四十年配で、どこか崩れた印象を与える。まともな勤め人ではなさそうだ。

「いま、女が逃げていったよな？」

「そう？　わたしは気づかなかったわ」

「何があったのか知らないが、黙って見過ごすわけにはいかないな。マギーは、ここにいてくれ」

鬼丸は恋人に言いおき、急いでイタリアン・レストランを飛び出した。

舞い散る雪で見通しは悪い。鬼丸は目を凝らした。

逃げる女性はキャメルカラーのコートの裾を翻しながら、六本木通りに向かっていた。追っ手の二人は、彼女のすぐ背後に迫っている。十数メートルしか離れていないだろう。

鬼丸は猛然と駆けはじめた。みるみる距離が縮まる。気配で、二人組のひとりが振り返った。

「邪魔しないでくれ。おたくには関係のないことだろうが！」

「おれは刑事なんだ。追われてる女性を見たら、ほうってはおけないからな」

鬼丸は、もっともらしく言った。とっさに思いついた嘘だった。

相手がうろたえ、仲間を大声で呼びとめた。

男たちは何か言い交わし、あたふたと脇道に逃げ込んだ。追われていた美女が立ち止まり、こわごわと振り返った。追っ手の姿が見当たらないとわかると、安堵した顔つきになった。

鬼丸は女性に走り寄り、先に言葉を発した。

「大丈夫ですか？」

「は、はい。あなたがさっきの二人組を追っ払ってくださったんですね」

「ええ、まあ」

「ありがとうございました。変な男たちに尾けられて、わたし、困っていたんです」

「そう。しつこく追い回されるようだったら、警察に相談したほうがいいな」

「あのう、さきほど刑事さんだと……」

美女が怪訝(けげん)な表情になった。

「刑事と言ったのは、実は嘘だったんだ。そう言えば、奴らが焦(あせ)って逃げると思ったんですよ」

「そうだったんですか。失礼ですが、あなたのお名前とご住所を教えていただけないでしょうか？」

「なぜです？」

「後日、礼状を差し上げたいのです」

「そんな気遣(きづか)いは無用です。当然のことをしただけだからね。それじゃ、お気をつけて！」

鬼丸は美しい女性に背を向け、イタリアン・レストランに駆け戻った。

第一章　美人起業家の不安

1

　ダンスタイムが訪れた。

　ほろ酔いの客たちがホステスの手を取り、フロアに集まった。照明が暗くなる。職場の『シャングリラ』だ。

　鬼丸はピアノに向かっていた。マーガレットと一緒に夕食を摂（と）ってから、およそ五時間が過ぎていた。

　ラストステージだった。

　鬼丸は『ミスティ』を弾（ひ）きはじめた。十数組の男女がチークダンスのステップを踏んでいる。常連のネット通販会社の社長がお気に入りのホステスの股（また）の間に片方の太腿（ふともも）を突っ込んで、パートナーの耳許（みみもと）で何か囁（ささや）いている。アフターの約束を取りつけたいのだろう。

店のホステスは美人揃いだった。プロポーションも申し分ない。時給八千円を貰っているだけのことはある。

二曲目の『モア』に移った直後、踊っているホステスのひとりがパートナーの横っ面をはたいた。平手打ちを見舞われた五十絡みの男が怒気を孕んだ声を張り上げた。

「何だよ、おまえ！」

「ここは風俗店じゃないんですから、おかしなことはしないでください」

「おれが何をしたって言うんだ⁉」

「わたしのお尻を揉んで、股間をぐいぐいと押しつけてきたじゃありませんかっ」

「そのぐらいはいいじゃないか。こっちは高い金を払ってるんだから。いいから、踊ろうよ」

「冗談じゃないわ」

ホステスがパートナーを突き飛ばした。相手の男はフロアに尻から落ちた。

チークダンスに興じていた男女が一斉にステップを止めた。だが、鬼丸は何事もなかったような顔で鍵盤に長い指を躍らせつづけた。

騒ぎに気づいたフロアマネージャーが尻餅をついた男に詫び、素早く引き起こした。客に恥をかかせたホステスは悔し涙を滲ませながら、更衣室に足を向けた。花恵という名だった。

鬼丸はピアノの音を高めた。

ふたたび客とホステスが頰を寄せ合って、ステップを刻みだした。フロアマネージャーはネット通信販会社の社長をなだめながら、テーブル席に導いた。

鬼丸はひと安心して、『ラバーズ・コンチェルト』に引き継いだ。そのあと『一晩中踊れたら』を奏で、ラストの『ムーンライト・セレナーデ』で締めくくった。

客とホステスがそれぞれ席に戻る。

鬼丸はピアノから離れ、更衣室に向かった。

タキシードを脱ぎ、黒のタートルネック・セーターの上に鹿革の茶色い上着を羽織る。ソファに腰かけ、ゆったりと紫煙をくゆらせはじめた。仕事を終えた直後の一服は、いつもうまい。

煙草の火を消したとき、ドアがノックされた。鬼丸は短く応答した。

「わたしです」

ドア越しに奈穂の声が聞こえた。店のナンバーワン・ホステスだ。飛び切りの美人である。二十五歳だったか。

「おう、入れよ」

鬼丸は明るく言ったが、少し戸惑いを覚えた。半年以上も前に奈穂に熱い想いを打ち明けられたのだが、彼自身は彼女を異性として意識することはできなかった。

　奈穂が更衣室に入ってきた。小さな包みを手にしていた。

「さっき花恵ちゃんがお客さんの頰をひっぱたいたときは焦ったわ」

「ホステスとしては失格だろうが、おれは彼女が商売っ気を忘れて怒ったこと、評価したいな。客をもてなすことがホステスの仕事だが、プライドまで棄てる必要はない」

「わたしも、そう思います。大きな声では言えませんけど、お客さんの中には水商売の女性たちを見下してる奴もいますからね」

「ああ、いるな。そいつらは何か思い違いをしてるんだよ」

「そういうお客さんは、お金でホステスなんかどうにでもなるなんて考えてるみたい。冗談ではありません。愛情もないパトロンの世話になってる娘も確かにいるけど、みんながお金の魔力に負けてるわけじゃないわ」

「それはそうだ」

「風俗店はともかく、クラブの娘たちはお金だけで魂を売ったりしませんよ。色眼鏡で見られがちな仕事だけど、わたしたちにも誇りはあるし、ちゃんとした人格も持ってます」

「当然さ。しかし、成功者の中には思い上がった奴らがいる。そいつらの傲慢な態度にいちいち腹を立ててたら、商売にならない。まともに相手にならなきゃいいんだ」

「だけど、花恵ちゃんみたいに露骨なことをされたら、やっぱり頭にきますよ」

「そうだろうな。そこまでやられたら、尻(けつ)を捲(まく)りゃいい」

「ええ、そうですね。でも、花恵ちゃん、フロアマネージャーにこっぴどく叱(しか)られるだろうな。そのとき、反論したら、お店辞(や)めさせられちゃうんじゃないのかしら？　花恵ちゃんの売上、あまりよくないみたいだから。わたし、それが心配なんです」

「彼女をクビになんかしないさ、御木本先輩は。オーナーは物事の道理はちゃんとわかってる」

「そうですよね」

鬼丸は言った。

「ところで、何だい？」

「先生にちょっと早目のクリスマスプレゼントを……」

「何度も言ったはずだぞ、おれを先生と呼ばないでくれって。おれは、ただのピアノ弾きなんだ。先生なんて呼ばれると、なんだか小ばかにされてるような気がしてな」

「そんなふうに僻(ひが)まないでください。尊敬の念があるから、先生と呼んでるんですよ。それはそうと、ペッカリーの革手袋(かわてぶくろ)を買ってきたんです」

「前に麻のシャツを貰ったとき、はっきりと言ったと思うが……」

「ええ、わかっています。先生には、オーストラリア人の彼女がいるんですよね。わたし、二人の間に割り込もうなんて考えてません。ずっと片想(かたおも)いでいいと思っているんです。わたしの恋心をマーガレットさんに覚られるような真似は絶対にしないわ」

「きみがおれを想ってくれてることは男として悪い気はしないよ。しかし、おれたちの間に何かが生まれる可能性はゼロに近いんだ」

「それでも、わたしはいいんです。報われない愛だって、恋愛のうちですので。それどころか、大人の片想いこそ、恋愛の極致なのかもしれません。相手に何かを求めるのは、ある意味でピュアじゃないでしょ？」

「そうだろうか。惚れ合った男女が何かを求め合い、魂を寄り添わせる。それが恋愛の基本だと思うがな」

「先生とは、恋愛観がちょっと違うみたいですね。でも、わたしは自分の感情の高まりの行く末をしっかりと見届けたいんです。そうじゃないと、いつまでも前に進めないような気がするの」

　奈穂が言って、不自然な笑みを浮かべた。

「きみにふさわしい男がたくさんいるじゃないか。冴えない四十男のことなんか早く忘れろよ」

「何度も先生のこと、諦めようとしました。だけど、駄目だったんです」

「そんなにきみを苦しめてたのか。知らなかったよ。そのうち別の店に移ろう」

「先生、そんなことはしないで。先生が別のクラブに移ったら、わたしもその店で雇ってもらいます。だって、毎日、先生の顔を見たいもの」

「弱ったな。どうしたもんか」

「悩まないでください。わたし、先生に迷惑をかけたりしませんので。一人相撲(ずもう)でいいです、この熱い気持ちが冷めるまで」

「わかった。そんなにおれに惚れてくれてるんだったら、明日から奈穂のヒモになるか。本来、おれは怠(なま)け者なんだよ。女に喰(く)わせてもらえるんだったら、もう最高だね」

鬼丸は、ことさら軽く言った。もちろん、本心ではない。わざと奈穂に嫌われるように厭味(いやみ)な男を演じたのだ。

「それ、逆効果ですね」

「え？」

「先生はヒモになりたがるような男性じゃない。好きな相手のことはよくわかっています。先生の屈折(くっせつ)した思い遣(や)りは素敵ですね。わたし、ますます先生が好きになりました」

「そんな甘っちょろいことを言ってると、きみをソープに売り飛ばすぞ」

「先生がそうしたいんだったら、いつでもそうして」

奈穂が余裕たっぷりに言った。鬼丸は苦笑して、肩を竦(すく)めた。

「わたしの言い分はとても身勝手ですよね。でも、あまり疎(うとま)しく思わないでください。わたしは影のように先生のそばにいたいだけなんですよ。決して人の恋路(こいじ)は邪魔しません」

「もっと器用に生きろよ」

「器用に生きても心の充足感を得られなかったら、かえって虚しいでしょ？」

「それはそうだが……」

「わたしの父は貧乏で偏屈な書家ですけど、子供にいいことを教えてくれたの」

「いいこと？」

「ええ。父は室町時代の後期に編まれた閑吟集という歌謡集の中の『一期は夢よ、ただ狂え』ってフレーズを座右の銘にしてたんです。いろんな解釈の仕方があるみたいだけど、父は〝人生は儚く短いものだから、何か熱中できるものがあったら、それに命懸けでのめり込め〟と受け取ったらしいんです」

「おれもそのフレーズは知ってるが、もっとデカダンスな意味合が強いんじゃなかったかな。どうせ人間はいずれ死んでしまうんだから、生きてるうちに目一杯愉しもうって小歌だったと思うよ」

「ええ、父もそういう解釈が一般的だと言っていました。だけど、単に享楽的に生きろと煽ってるだけじゃないはずだと言ってたんです」

「なかなか読みが深いな。詠み人の真意はそうだったのかもしれないね」

「話を脱線させちゃいましたけど、わたしは父の教え通りに生きたいと思ってるんです。だから、この片想いの行く末まで見届けたいんです」

「強引だね」

「ええ、確かに。それはそうと、革手袋、どうしても受け取ってほしいんです」

「困るよ、こっちは」

「それほど高価な品物じゃないの。だから、気にしないで使ってください」

「わかった。しかし、プレゼントはこれっきりにしてくれないか」

「ええ、そうします。ところで、今夜は何か予定が入っていますか？　お店が看板になったら、芋洗坂（いもあらいざか）のレストランバーに一緒にどうかと思ったんだけど」

「オーナーが何かおれに話があるらしいんだ」

「そうなんですか。それじゃ、きょうはまっすぐ家に帰ります」

奈穂が老舗（しにせ）デパートの名の入った紙包みをコーヒーテーブルの上に置き、更衣室から出ていった。

鬼丸は中身をちらりと覗（のぞ）いただけで、また煙草をくわえた。なんとなく気が重くなった。

奈穂が麻のシャツや革手袋で鬼丸の歓心を買いたいと考えているとは思えない。ただの気まぐれな贈り物に過ぎないのだろう。それでも理由もなく何かをプレゼントされると、なんとなく落ち着かなくなる。

やがて、閉店の十一時半になった。

鬼丸は奈穂の贈り物を自分のロッカーにしまってから、更衣室を出た。すでにホステスたちの姿はなかった。黒服のボーイたちが店内の片づけをしている。

鬼丸は奥の社長室に向かった。オーナーの御木本は酒の用意をして待っていた。鬼丸はソファに腰かけた。御木本と向かい合う恰好だった。

「鬼丸とここで飲むのは久しぶりだな」

「そうですね。先輩、水割りにします？」

「妙な気は遣うなって」

「でも、只酒をご馳走になるわけですから」

鬼丸は言いながら、アイスペールに手を伸ばした。御木本がそれを制し、二人分のスコッチ・ウイスキーの水割りを手早くこしらえた。

二人はグラスを軽く触れ合わせた。

鬼丸は水割りを傾けながら、オーナーの顔色がよくないことが気になった。数カ月前から目に見えて痩せている。どこか具合が悪いのか。

「モデルをやってる彼女とはうまくいってるのか？」

御木本が唐突に問いかけてきた。

「ええ、まあ」

「そうか。本気で惚れてるんだったら、一緒に暮らしてやれよ。女は、惚れた男にはいつもそばにいてほしいと願ってるものだからさ。結婚か同棲かはともかく、そろそろ同居したほうがいいんじゃないのか」

「生活のリズムが違うんで、もうしばらく別々に暮らしたほうがいいと思うんですよ。マギーの部屋には週に一、二回泊まってるので、特に寂しい思いはさせてないでしょう」

「彼女のほうがそれで満足してるんだったら、無理に同居することもないか」

「成り行きに任せるつもりです」

「そういうことなら、もう余計なことは言わないよ」

「先輩、話があるとか言ってましたでしょ?」

鬼丸は促した。

「ああ。ここらで、少しのんびりしたいと思ってるんだ。豪華客船で世界周航でもしようかと考えてるんだよ」

「どのくらいの船旅になるんです?」

「最低六カ月だな。コースによっては、丸一年のクルージングになる」

「半年ぐらい留守にしても、別に問題はないでしょ？　支配人もフロアマネージャーもしっかりしてるし、働き者ですから」

「確かに二人ともよく働いてくれてる。しかし、店を全面的に任せるとなると、ちょっと心許ないんだ」

「そうですかね」

「鬼丸、おれの代役をやってみる気はないか。おまえにその気があるんだったら、将来、店の経営権を譲ってもいいと思ってる。どうだ？」

「自分には無理ですよ。だいたい経営能力がないし、店の権利を買い取る金もないですしね」

「金は出世払いでいいさ」

「先輩、何かあったんですか？　ずっとパワフルに生きてきたのに、急にリタイアするようなことを言い出して」

「がむしゃらに働いてきたんで、小休止したくなっただけだよ」

「それなら、店はこのままにして船旅に出てもいいでしょ？」

「支配人に店を任せっきりじゃ、不安なんだよ。下手したら、半年かそこらで大きな赤字を出すだろう。だから、おまえに仕切ってもらえたらと思ったんだ」

「どう考えても無理ですって。おれはただのピアノ弾きで、水商売のイロハも知らないんです」

「実務的なことは支配人に任せ、おまえは統括者として睨みを利かせてればいいんだよ」

「せっかくですが、引き受けられないな。おれには、まるで商才がありませんので」

「どうしても無理か？」

「ええ、すみません！」

「わかった。いまの話は忘れてくれ。鬼丸、今夜はとことん飲もう」

御木本が言って、グラスを呷(あお)った。オーナーは濃い水割りを作り、たてつづけに四杯飲み干した。

鬼丸は御木本が何かで思い悩んでいると感じた。しかし、そのことを探(さぐ)り出すことはためらわれた。御木本は他人に心の中まで踏み込まれることを嫌うタイプだった。

鬼丸は黙々と飲んだ。

御木本が五杯目のグラスに口をつけ、すぐにむせた。むせた拍子に血を吐いた。飛び散った血がコーヒーテーブルを汚した。

鬼丸は反射的に立ち上がった。オーナーのかたわらに回り込んで、ハンカチを差し出した。

「先輩、これを使ってください」

「ありがとう。でも、持ってるんだ」

御木本が上着のポケットから自分のハンカチを取り出し、口許を覆(おお)った。卓上の端(はし)にティッシュペーパーの箱が見える。

鬼丸はティッシュペーパーで卓上の血をきれいに拭(ぬぐ)った。汚れたペーパーを屑入(くずい)れに投げ込んだとき、また御木本がむせた。口に当てたハンカチは、瞬(また)く間(ま)に赤く染まった。

「救急車を呼びましょう」

鬼丸は懐（ふところ）からスマートフォンを摑（つか）み出した。すると、御木本が首を大きく横に振った。

「それじゃ、おれの車で病院に行きましょう。どこかに夜間診療をやってる病院があるはずです」

「いいんだ。前にもこの程度の吐血（とけつ）はしてるから、特に心配はないさ。ちょっと胃が弱ってるだけだよ」

「しかし……」

「大丈夫だって。しばらく横になってれば、そのうちよくなるだろう」

「念のため、病院に行ってみましょうよ」

鬼丸は御木本を立ち上がらせようとした。御木木が片手を強く振り、長椅子（ながいす）に身を横たえた。

「鬼丸、別の日に飲み直そう。悪いが、ひとりにさせてくれないか」

「そうはいきません」

「帰ってくれ。ひとりになりたいんだ」

「そうですか。わかりました」

やむなく鬼丸は社長室を出た。フロアには、支配人の姿があった。

鬼丸は支配人に御木本の介護を託し、そのまま店を出た。いつの間にか、粉雪は熄んでいた。夜気は凍てついている。猛烈に寒い。

思わず首を縮めて、店の裏手に回る。仕事中は、いつも愛車のレンジローバーは裏通りに駐めてあった。

鬼丸はオフブラックのレンジローバーに乗り込み、四谷に向かった。マーガレットが借りている賃貸マンションには、十五、六分で着いた。

鬼丸は預かっている合鍵を使って、マーガレットの部屋に入った。

間取りは1LDKだ。ただし、専有面積は六十数平方メートルもある。LDKもベッドルームもかなり広い。

マーガレットはキッチンにいた。ビーフシチューの匂いがする。

「お疲れさま！　ビーフシチューをこしらえたの」

「そいつはありがたいな。小腹が空いてたんだ」

「いま、用意するわ。坐って待ってて」

「ああ」

鬼丸は鹿革のジャケットを脱ぎ、ダイニングテーブルについた。待つほどもなく、湯気を立ち昇らせているビーフシチューが卓上に置かれた。

二人は差し向かいで熱々のシチューを啜った。シチュー皿が空になるころには、体の芯まで温もっていた。

鬼丸は一服し終えると、先にシャワーを浴びた。追っつけマーガレットがバスルームに入ってくるものと思っていたが、その期待は外れてしまった。

いつも二人は浴室で戯れてから、寝室で本格的に睦み合っていた。情事のコースがマンネリ化してしまうと、どうしても刺激が薄れる。

どうやらマーガレットはそのあたりのことを考え、敢えてパターンを外したらしい。

鬼丸はボディーソープ液を全身に塗りたくり、泡を熱めの湯で洗い落とした。手早くバスタオルで体を拭き、バスルームを出る。

マーガレットは居間のソファに腰かけ、ファッション誌の頁を繰っていた。

「おれを焦らしたな」

鬼丸は笑顔で言って、寝室に入った。エアコンディショナーの設定温度は二十七度になっていた。

鬼丸はセミダブルのベッドに浅く腰かけ、ぼんやりと時間を遣り過ごした。吐血した御木本のことが気がかりだった。だが、白いバスローブ姿の恋人が寝室に入ってきたとたん、御木本のことは脳裏から消えた。鬼丸は立ち上がって、マーガレットを抱き寄せた。

二人は唇をついばみ合ってから、舌を深く絡めた。鬼丸はディープキスをしながら、バスローブのベルトをほどいた。ピンクに色づいた柔肌を両手で撫で回してから、バスローブを脱がせる。

マーガレットがひざまずく素振りを見せた。鬼丸は無言で顔を左右に振り、マーガレットをベッドに横たわらせた。仰向けだった。

電灯は煌々と灯っている。白い裸身が眩い。

鬼丸は目で恋人の体をなぞった。たわわに実った乳房は弾むように息づいている。

淡紅色の乳首は、やや小ぶりだ。広い乳暈は腫れたように盛り上がっている。

ウエストのくびれが深い。腰の曲線は美しかった。なだらかな下腹の裾野にバター色の飾り毛が煙っている。絹糸のように細い。

鬼丸はベッドに歩み寄った。胸を重ねると見せかけ、マーガレットの脚を大きく開かせた。M字形に固定させると、鬼丸はマーガレットの股の間にうずくまった。

珊瑚色の合わせ目は笑み割れていた。花びらは肥厚し、わずかに捩れている。そそられる構図だった。

鬼丸は口唇愛撫を施しはじめた。襞の奥は潤みはじめていた。

「いきなりオーラルプレイだなんて」

マーガレットが喘ぎながら、驚きの声を洩らした。

鬼丸は痼った陰核を舌で甘く嬲りつづけた。

三分も経たないうちに、マーガレットの体が縮まりはじめた。エクスタシーの前兆だ。

鬼丸は中指でGスポットを擦りながら、真珠のような塊を圧し転がし、時に吸い立てた。

「カム、カミング！」

マーガレットが母国語で告げ、リズミカルに体を硬直させた。鬼丸の指に強い緊縮感が伝わってきた。襞の群れが指にまとわりついて離れない。

いつしか鬼丸の欲望は雄々しく猛っていた。彼は指を引き抜くと、マーガレットの中に分け入った。正常位だった。

マーガレットが全身でしがみついてくる。

鬼丸はダイナミックに腰を躍らせはじめた。突くだけではなかった。捻りを加えながら、徐々に律動を速める。マーガレットが息を詰まらせ、淫らな呻きを洩らしはじめた。結合部の湿った音がなんとも煽情的だ。

マーガレットが啜り泣くような声をあげながら、切なげに腰を振る。控え目ながら、効果のある迎え腰だった。第一ラウンドは軽く流すか。

鬼丸はゴールに向かって疾走しはじめた。

2

部屋の空気は澱(よど)んでいた。

だが、鬼丸は換気をするのも億劫(おっくう)だった。神宮前(じんぐうまえ)にある自宅マンションだ。午後三時を回っていた。

ほんの少し前にマーガレットの自宅から塒(ねぐら)に戻ってきたところだった。

眠くてたまらない。前夜から今朝(けさ)にかけ、鬼丸はマーガレットと三度も交わった。濃厚な情事の合間にまどろんだきりだった。

鬼丸は鹿革のジャケットを脱ぐと、居間のエアコンディショナーを作動させた。

間取りは２ＬＤＫだった。二年半前から、この賃貸マンションに住んでいる。家賃は安くなかったが、住み心地は悪くない。部屋は七階にある。

鬼丸は『シャングリラ』から、毎月八十万円のギャランティーを貰っていた。

家賃を差っ引いても、およそ五十万円の生活費を遣(つか)える。裏ビジネスで得た三億円は、そのままプールしてあった。

鬼丸はリビングの長椅子に寝そべった。

体を丸めて、目を閉じる。すぐ眠くなった。ソファの背凭(もた)れに掛けてあるジャケットの内ポケットでスマートフォンが鳴ったのは寝入り端(ばな)だった。

着信音はなかなか鳴り熄(や)まない。

眠気を殺(そ)がれた。鬼丸は舌打ちして、上体を起こした。ジャケットを引っ摑(つか)み、スマートフォンを取り出す。

鬼丸はディスプレイを見た。電話をかけてきたのは堤航平(つつみこうへい)だった。十年来の知人だ。

つい先月、満五十歳になった堤は、警視庁捜査一課特命捜査対策室に所属している。かつては捜査一課の敏腕刑事として鳴らしていたのだが、三年半ほど前に誤認逮捕という失態を演じ、現在の地味な部署に移されてしまったのだ。

捜査一課の前は公安一課にいた。その当時、まだ鬼丸は公安調査官だった。職務で公安関係の情報交換をしているうちに堤と自然に親しくなり、いつしか個人的にもつき合うようになったのだ。

堤は身長百七十センチ弱で、小太りだった。髪は短く刈り込んでいる。角張った顔で、げじげじ眉(まゆ)だ。やや落ちくぼんだ目は鋭い。

堤は単なる知り合いではなく、鬼丸の裏稼業のブレーンのひとりだった。鬼丸は堤から捜査情報を買い取ったり、尾行や調査を依頼していた。

堤は二人の子持ちだ。娘は大学生で、息子は予備校に通っている。そんなことで、妻から渡される月々の小遣いは少ない。飲み代は、鬼丸が回しているアルバイトで捻(ひね)り出しているようだ。堤は無類の酒好きだった。アルコール依存症に近い。

　鬼丸はアイコンをタップした。

「なかなか電話に出なかったな。鬼丸ちゃん、マギーを部屋に連れ込んで、ベッド体操に励んでたんだろ？」

「いや、ちょっと昼寝をしてたんですよ」

「ということは、昨夜、彼女とたっぷり娯しんだわけだな」

「想像にお任せます」

「いいなあ。おれなんか、ずっと女っ気なしだぜ。女房は更年期に入ってから夫婦生活を厭がりはじめたし、浮気をする甲斐性もねえからな」

「まだ五十歳になったばかりなんだから、枯れるには早過ぎるでしょ？」

「そうなんだよな。鬼丸ちゃん、率のいい内職をどんどん回してくれや。大いに稼いで、女遊びもしないとな」

「最近、裏の仕事に恵まれてないんですよ。旦那にバイトを回したいんだが……」

「いつかも言ったと思うが、もうピアノ弾きは卒業して、いっそギャングハンターを表看板にしたほうがいいんじゃねえのか。世の中が混迷してる時代だから、依頼は引きも切らないだろう」

「以前にも話したことですが、目的を果たしたら、ギャングハンターの仕事はやめるつもりなんです」

「もったいねえ話だな。それはそうと、その目的ってやつをそろそろ打ち明けてくれてもいいだろうが」

堤が言った。

「そいつは勘弁してください。話したくない理由があるんでね」

「鬼丸ちゃんがそこまで言うんだったら、もう詮索はしねえよ。そのうち何か内職があったら、回してくれな」

「わかりました。旦那、小遣いに不自由してるんだったら、少しぐらい仮払いしてもかまいませんが……」

「ありがとよ。けど、年下の人間にそこまで甘えちゃいけねえや。おれにも多少の見栄はあるからな」

「そういうことなら、いまの話は引っ込めます。そのうち、ゆっくり飲みましょう」

鬼丸は先に電話を切った。

そのすぐ後、今度は旧知の蛭田仁から電話がかかってきた。蛭田は元総合格闘技のプロ選手で、いまは賞金稼ぎのデス・マッチ屋だ。アメリカ各地やメキシコを回り、ルールなしの異種格闘技試合に出場している。この夏、ちょうど三十歳になったはずだ。

鬼丸は四年半前にボストンの和食レストランで蛭田に初めて会い、たちまち意気投合した。連れだってニューヨークに出かけ、シングルバーで女を漁った仲だ。娼婦を買いに出かけたこともある。

「仁、久しぶりだな。電話で話すのは丸二カ月ぶりか？」

「ええ、そうですね。おれ、きのうの夜、アメリカから戻ったんですよ」

「そうか。何かいいことあったかい？」

「いや、最悪でしたよ。アラバマの巡業は、もうノーサンキューです！　ファイトマネーはめちゃくちゃ安かったし、プロモーターが用意してくれたホテルは有色人種専門だったんですよ」

「アラバマあたりは、まだ人種差別が……」

「ええ、露骨でしたね。白人どもは口汚く黒人、スパニッシュ、アジア人を罵りますし、喧嘩を吹っかけてくる奴らが多いんです。おれはリングを降りても、現地の男たちと毎日のようにファイトしてましたよ」

「南部や西部のプアな白人たちは有色人種に八つ当たりして、ストレスを解消してるんだろう」

「きっとそうにちがいありません。同時多発テロ以来、アラブ系の移民たちは、いじめの標的にされてるって話ですよ。奴らは白人だけが優秀なんだと思い上がってるんだろうな。白人の娼婦だって、黒人の客は取りたがりません。日本人は一応オーケーでしたけど、扱いが悪かったですね。もうアラバマは懲り懲りです」

「そういう忌々しい体験も勉強だと思うんだな」

「それにしても、腹が立ちましたよ。おれは鬼丸さんみたいな大人じゃないからね」

「皮肉か？」

「そうじゃありません。おれ、早く鬼丸さんみたいに精神的に成熟したいと思ってんですよ」

　蛭田が早口で言った。

「おれは成熟なんかしてないよ。絶えず迷ってるし、感情を抑えることもできない。仁と五十歩百歩さ」

「いや、鬼丸さんは大人ですよ。分別は弁えてるけど、荒ぶる魂は棄ててない。カッコいいですよ」

「よいしょしても、何も出ないぞ」

「わかってますよ。ところで、マギーは元気ですか？」

「ああ」

「彼女、いい女ですよね。マギーと別れることになったら、おれに真っ先に教えてください。おれ、物心両面で尽くしますんで」

「マギーは仁にはなびかないと思うよ。彼女は体力だけの男には、まるっきり興味がないからな」

「言ってくれますね。それはそうと、桜田門の旦那はどうしてます？」

「ついさっき堤さんから電話があったんだ。なんか内職を回してくれって言ってきたんだよ」

「そうですか。鬼丸さんの裏仕事は、どうなんです？」

「ここんとこは暇だな。そのうち何か依頼があるだろう」

「だといいですね。翔は元気なんでしょ？」

「しばらく会ってないが、相変わらずだと思うよ」

鬼丸は、そう答えた。

玄内翔は元検察事務官だ。二年前まで東京地検に勤めていたのだが、いまは渋谷のクラブのＤＪである。音楽好きが昂じて、転職したのだ。来年の二月で、満二十八歳になる。

玄内はいつも奇抜な恰好をしているが、根は好青年だ。渋谷のショットバーで一年四、五カ月前にたまたま隣り合わせ、なんとなく口をきくようになったのである。いまでは、玄内もブレーンのひとりだ。

元公安調査官の鬼丸は顔が広い。堤、蛭田、玄内の三人のほかに必要に応じて、検事、新聞記者、偽造屋、情報屋、高級コールガール、ホステス・スカウトマン、やくざなどからも情報を集めていた。

「翔に会ったら、たまにはおれに電話するように言ってください」

「そう言わずに、おまえがあいつに直に電話してやれよ」

「翔の奴、おれのことをなんか誤解してるみたいなんです。だから、電話しにくくてね」

「誤解？」

「ええ、そうです。もうだいぶ前の話なんですけど、おれ、ふざけて翔の頰にキスしたことがあるんですよ。ちょっと酔ってたんです」

「それで、あいつは仁が両刀遣いだとでも……」

「どうもそうみたいなんですよ。あいつ、おれと二人だけになると、とたんにそわそわしはじめるんです。おれにその気があると思ってるんだろうな」

「仁は女一本槍なのにな。機会があったら、翔にそのことを話してやろう」

「お願いします。それから裏仕事で何か手伝えることがあったら、いつでも声をかけてください。メキシコ巡業は来年一月の下旬からですので」

蛭田が通話を切り上げた。

鬼丸はふたたび長椅子に寝そべった。脳裏にデス・マッチ屋の姿が浮かんだ。

蛭田は二メートル近い巨漢である。分厚い肩は、アメリカンフットボールのプロテクター並だ。両腕の筋肉も隆々と盛り上がっている。腿は丸太のように太い。

だが、愛嬌のある顔をしている。笑うと、目は糸のように細くなる。髪はクルーカットで、服装はアメリカン・カジュアルが多い。愛車もフォードのマスタングだ。

もう眠れそうもない。鬼丸は半身を起こし、御木本のスマートフォンを鳴らした。

ややあって、電話が繋がった。

「先輩、その後、体の具合は？」

「なんともないよ。心配かけたな」

「どうってことありませんよ。一度、大学病院で精密検査を受けたほうがいいんじゃないのかな」

「胃が弱ってるだけだろう」

「大事を取ったほうがいいですよ。先輩もおれも、もう四十代なんだから。そろそろオーバーホールしておかないとね」

「健康管理に気を配る連中が多いようだが、おれはちまちまと生きたくないんだ。人間、死ぬときは死ぬさ」

「それはそうですが、ちゃんと健康管理してれば、長生きできるでしょ？」

「特に長生きしたいとは思っちゃいないんだ。別れた妻との間に子供がいるわけじゃないから、これといった責任もないんでな」

「先輩の私生活に立ち入る気はありませんが、つき合ってる女性がいるんでしょ？」

鬼丸は訊いた。

「うん、まあ。しかし、本気で惚れ合ってるわけじゃない。お互いに寂しさを紛らわせてるだけだよ。だから、その彼女はおれが死んでも、それほど打ちひしがれたりはしないだろう。芯の勁い女なんだ」

「それでも、男と女の間柄なわけですから……」

「鬼丸、話題を変えよう」

「おれ、何か神経を逆撫でするようなことを言いました？」

「別にそういうことじゃないんだ。長々と話し込むような事柄じゃないと思っただけだよ」

「そうですか」

「妙なことを訊くが、おまえ、誰かを殺したいと思ったことは？」

御木本が問いかけてきた。鬼丸は、すぐには返事ができなかった。質問の真意がわからなかったからだ。

「なんで黙ってる？」

「質問があまりに唐突だったんで、面喰らっちゃったんです」

「そうか。で、答えは？」

「瞬間的に殺意を覚えたことはありますが、実際に相手を葬ってやろうと本気で考えたことはないですね」

「そうか、そうだろうな。ふつうは、そうだよな」

「ええ。先輩、誰かを殺したいと思ってるんですか？」

「ただ訊いてみただけさ。仮にそういう奴がいたとしても、自分の手では相手を殺れないだろう。ナイトクラブを経営してるが、おれは堅気だからな。商売柄、裏社会の人間と多少の接触はあるが、連中みたいに開き直って生きてるわけじゃない。とても人殺しなんかできないよ」

「先輩、おれに話してくれませんか」

「何を？」

「トラブルに巻き込まれて、誰かを殺してやりたいほど憎んでるんでしょう？」

「鬼丸、何を言い出すんだ⁉　おれに、そういう相手がいるわけじゃないよ。深い意味があって、さっきの質問をしたんじゃないんだ」

「なんの意味もなく、さっきのようなことを他人に訊くもんだろうか。以前、公安調査庁で働いてたから、捜査機関にも割に知人がいます。先輩が何か困ってるんだったら、知り合いの刑事にこっそり動いてもらいますよ」

「早とちりだよ、それは」

「本当に？」

「ああ。おかしなことを訊いて、悪かったな。さっきの質問は忘れてくれ」

「そうしましょう。ところで、フロアマネージャーから花恵ちゃんのことで何か報告がありました？」

「いや、何も聞いてないな。店で何か揉め事があったのか？」

御木本が問いかけてきた。鬼丸は少し迷ってから、前夜の出来事を喋った。

「そんな日に遭ったんだったら、花恵が怒るのは当然だ。フロアマネージャーの伊藤もそう思ったんで、わざわざおれに報告しなかったんだろう」

「多分、そうなんでしょうね。ネット通販会社の社長が先輩のとこに捩込んできても、花恵ちゃんを庇ってやってください」

「もちろん、そうするさ。おれにとっては、上客よりも従業員のほうが大事だからな。わざわざ見舞いの電話をありがとう」

御木本が明るく礼を述べ、通話を切り上げた。

鬼丸はスマートフォンをコーヒーテーブルの上に置くと、煙草に火を点けた。御木本との会話を頭の中で反芻してみる。

なぜ、先輩はもっと自分の体を大事にしようとしないのか。誰かを殺害し、自らの命を絶つ気でいるのだろうか。御木本が何か厄介な問題を抱えていることは、ほぼ間違いなさそうだ。

何か力になりたいが、先輩は救いを求めたりはしないだろう。それとなく御木本の動きを探ってみるほか手はなさそうだ。煙草を半分ほど喫ったとき、部屋のインターフォンが鳴り響いた。

鬼丸は煙草の火を消し、玄関ホールに急いだ。ドア・スコープを覗く。

一瞬、わが目を疑いそうになった。なんと来訪者は、昨夕、二人の男に追われていた美女だった。

どうして住まいがわかったのか。

鬼丸は混乱したまま、ドアを開けた。訪問者が鬼丸の顔を見て、目を丸くした。

「きのうはありがとうございました。あなたがギャングハンターの鬼丸竜一さんでしたの。なんという巡り合わせなのでしょう」

「わたしのことは、どなたから？」

「五菱物産の阿川常務に教えていただいたんです。常務のことはご存じでしょ？」

「ええ。爆破予告事件で、去年の春に阿川氏に頼まれて、元社員の犯人を突きとめたことがあるんでね」

「そのお話は阿川常務からうかがいました。阿川常務は、わたしの父の旧友なんです。申し遅れましたが、吉永万里江といいます。ベンチャー関係の小さな会社をやっていますの」

「そうですか。で、ご用件は？」

「ひと月ほど前から正体不明の男たちに尾行されて、わたし、二度も拉致されそうになったんです」

「その男たちというのは、きのうの二人組ですか？」

「いいえ、別の男たちでした。それから一週間あまり前に、わたしのアルファロメオのブレーキオイルが抜かれていました。車に乗る前にオイル漏れに気づいたので、大事には至りませんでしたけどね。多分、誰かに命を狙われてるんでしょう。鬼丸さんに犯人を捜していただきたくて、お邪魔した次第なんです」

「詳しい話を聞かせてください」

鬼丸は美しい依頼人を居間に通し、名刺を交換した。万里江が経営する音楽配信会社のオフィスは渋谷区内にあった。

鬼丸はベンチャー起業家をリビングソファに坐らせ、手早く二人分のコーヒーを淹れた。

「どうかお構いなく」

万里江が申し訳なさそうに言った。改めて見ると、息を呑むような美女だ。造作の一つひとつが整い、色香も漂わせている。

鬼丸は二つのマグカップを卓上に置くと、万里江の前に坐った。そして、まず会社のことを訊いた。

万里江は三年前に『エコープランニング』という会社を立ち上げ、音楽配信を手がけているという。社員数は三十人弱らしいが、投資企業や一般出資者も増え、業績は上向いているという話だった。

「出る杭は打たれるという諺があります。犯人にお心当たりは？」

「二人います。ひとりは一カ月前に別れた男性です」

「その方のお名前は？」

鬼丸は畳みかけた。

「下村正和です。四十五歳の建築家です。彼に妻子がいることを知りながら、一年ほど不倫の関係をつづけました。しかし、彼の娘さんがわたしの会社を訪ねてきて、『母を苦しめないでください』と涙声で訴えたんです」

「それで、あなたは下村氏との関係を清算する気になった。しかし、下村氏のほうはあなたに未練があった。そういうことなんですね？」

「ええ、そうです。彼はストーカーみたいにわたしにつきまとって、何度も縒りを戻そうとしつこく迫ってきました。わたしがきっぱりと断ると、男心を弄んだ悪女は必ず懲らしめてやると捨て台詞を吐いて……」

「女々しい奴だな。もうひとりは？」

「わたしと同じベンチャー企業家の酒見陽子という女性です。年齢は三十六、七歳です。

彼女は口臭除去剤の特許権の使用権を手に入れたのですが、有力な投資企業に恵まれなくて、商品の大量製産の目処が立っていないんです」

「なんで、その女社長にあなたが恨まれてるんです？」

「酒見さんは自分の会社の投資企業になってくれそうなキャピタリストをわたしが横奪りしたと思い込んでるんですよ」

「そういう事実は？」

「まったくありません。彼女の被害妄想なんです。仮にわたしがキャピタリストたちに色目を使ったところで、何億円といった巨額を投資してくれる企業や一般投資家が現われるわけありません。ベンチャービジネスの世界は、もっとシビアです」

「でしょうね。その二人の連絡先を教えてください」

「一応、必要なことはメモしてきました。それから、下村さんと酒見さんの顔写真も持ってまいりました」

万里江が女物のビジネスバッグの中からメモと写真を取り出した。鬼丸はコーヒーをブラックで啜ってから、まず写真を抓み上げた。

建築家の下村は、なかなかの男前だ。かつて流行った言葉で言えば、ナイスミドルということになるだろう。事務所と自宅は世田谷区内にあった。

写真写りが悪いのか、酒見陽子は醜女にしか見えない。三白眼で、団子っ鼻だ。厚い唇の両端は下がっている。色も黒そうだ。

　会社は恵比寿にあり、自宅マンションは武蔵小杉にあった。

「引き受けていただけますでしょうか？」

「阿川氏から聞いてるかどうか知りませんが、わたしは安請け合いはしない主義なんですよ。危険を伴う仕事なので、最低三百万円の成功報酬をいただいています」

「三百万円ですか」

　万里江が溜息混じりに呟いた。

「高いとお感じになったら、遠慮なくお引き取りください。警察に泣きつけば、無料で捜査に乗り出してくれるでしょう」

「警察は困るんです。投資企業や一般出資者に変な誤解をされるかもしれませんのでね」

「どうされます？」

「お願いします。着手金は、いまお払いしたほうがいいんですか？」

「後日で結構です。では、お引き受けしましょう」

　鬼丸はにっこり笑って、右手を差し出した。

　万里江が軽く握り返してきた。柔らかな手だった。

「それで、いつから調査に取りかかっていただけるんでしょう？」

「きょうから早速、取りかかります」

鬼丸は言って、煙草をくわえた。

3

車を停める。

下村建築設計事務所は、世田谷区深沢五丁目の外れにあった。駒沢公園の裏手だ。

鬼丸はレンジローバーを降り、数十メートル先の下村の事務所の前まで歩いた。

モダンな造りの事務所は、下村の自宅の敷地内に建っている。ガラス窓が大きく、人の動きが見て取れた。

長い髪を後ろで一つに束ねた若い男が設計台に向かっていた。スタッフのひとりだろう。下村の姿は見えない。外出しているのか。それとも、オフィスのどこかにいるのか。

鬼丸は車の中に戻り、懐からスマートフォンを取り出した。ちょうど午後五時だった。

下村の事務所に電話をかける。

「はい、下村建築設計事務所です」

中年の男が電話口に出た。

「所長の下村さんはいらっしゃいますか」

「わたくしが下村です。失礼ですが、どちらさまでしょう?」

「鈴木と申します。二世帯住宅を建てたいと考えているのですが、そちらで設計をお願いしたいと思いましてね」

鬼丸は、でまかせを澱みなく喋った。

「それはありがとうございます。木造で新築されるおつもりなのでしょうか？」

「いいえ、鉄筋コンクリート造りの三階建てにしたいんです。わたしの両親も同居するのですが、メゾネットタイプにしていただきたいんですよ。それでいて、二世帯がドア一枚で互いに行き来できるような造りにしてもらいたいのです。可能ですよね？」

「ええ、もちろん。延べ面積はどのくらいをお考えなのでしょう？」

「九十坪前後は欲しいんです。設計料は、総工費の一割でしたよね？」

「基本的には一割ですが、そのあたりのことは施工主さんと話し合いということで……」

「設計料は二割お支払いしましょう。その代わり、斬新なデザインにしてもらいたいんです。たとえば平凡な陸屋根なんかじゃなく、オブジェ風の屋上にしてもらうとかね。窓なんかも四角形じゃなく、円形とか星形なんかのほうがいいな」

「自由に設計させてもらえるんでしたら、思い切り奇抜なデザインにしましょう」

「それは楽しみだな。実はわたし、おたくの近くまで来てるんですよ。これからオフィスにうかがって、打ち合わせをさせてもらいたいな」

「申し訳ありません。これから出かけなければならないんですよ。明日にでも、わたしのほうから鈴木さんのご自宅をお訪ねします。ご住所と電話番号を教えていただけます？」

下村が言った。鬼丸は適当な住所と電話番号を教え、ほどなく電話を切った。

十分ほど経つと、下村建築設計事務所からドルフィンカラーのＢＭＷが走り出てきた。７シリーズだ。ステアリングを握っているのは下村だった。

鬼丸は少し間を取ってから、レンジローバーを発進させた。

マークしたドイツ車は閑静な住宅街を走り抜け、目黒通りに出た。そして、目黒駅方面に向かった。鬼丸は一定の車間距離を保ちながら、下村の車を追尾しつづけた。

やがて、ＢＭＷは港区白金にあるシティホテルの駐車場に入った。客室数百室前後のホテルだが、赴がある。

下村はＢＭＷを降りると、急ぎ足でホテルのエントランスロビーに入った。

鬼丸は追った。ロビーに足を踏み入れ、さりげなく視線を巡らせる。下村は奥まったソファに腰かけ、どことなく脂ぎった五十男と話し込んでいた。

二人のいる近くのソファは、どこも埋まっていた。鬼丸はフロントの斜め前のソファに坐り、備え付けの新聞を手に取った。記事を読む振りをして、時々、下村たちに目をやった。

下村と話し込んでいる五十絡みの男は、いかにも値の張りそうな背広を着ている。成金っぽい雰囲気だ。太い指には大振りの指輪を嵌め、左手首にはゴールドのブレスレットを光らせていた。

素っ堅気ではなさそうだ。どこかの組の幹部なのか。そうだとしたら、下村は男に吉永万里江を拉致させようとしたのかもしれない。

鬼丸はそこまで考え、前夜の二人組のことを思い出した。どちらもサラリーマンには見えなかったが、筋者特有の凄みは漂わせていなかった。

脂ぎった男は暴力団関係者を使うと足がつきやすいと考え、わざと半グレの男たちに万里江を引っさらわせようとしたのだろうか。考えられないことではない。

下村と五十男が腰を上げたのは、およそ二十分後だった。二人は地下一階のレストラン街に降りた。

鬼丸もソファから立ち上がり、地下一階に下った。有名なフレンチ・レストランや老舗料亭の支店がずらりと連なっていた。

下村たち二人は、鮟鱇料理の店に入った。

さほど店内は広くなかったが、まだ面は割れていない。鬼丸は少し間を取ってから、店の客になった。

左手にカウンターが延び、右手にテーブル席が三つある。下村たちは最も奥のテーブル席についていた。客は数組しかいなかった。鬼丸はカウンターに坐り、鮟鱇鍋と熱燗を注文した。下村たちは斜め後ろにいる。二人はゴルフ談義に耽っていた。

　五十年配の男は戸倉という姓だった。下村は戸倉と月に一、二度、コースを回っているようだ。二人は突き出しの時雨煮を肴にビールを飲んでいた。ほどなく下村たちのテーブルに鮟鱇鍋の用意がされた。

　鬼丸の前にもコンロが置かれた。すでに鍋には鮟鱇の切り身、肝、皮、椎茸、独活、銀杏、焼き豆腐などが形よく盛り込まれていた。

　酒をちびりちびりと飲みながら、鍋の具が煮えるのを待つ。鬼丸は鮟鱇鍋をつつきつつ、下村たちの会話に耳をそばだてた。

　戸倉は社員六十数人の建設会社の代表取締役社長だった。受注量が減る一方で赤字がかさみ、経営が苦しいとぼやいている。

「どこも似たり寄ったりでしょ？　戸倉社長、いまは辛抱するほかないですよ」

「そんな呑気なことを言ってたら、来年の夏前に倒産しかねません」

「ご冗談を。好景気のころ、がっぽり儲けたんでしょ？」

「ええ、多少はね。しかし、いまはとんといけません。銀行は追加融資を渋ってますので、資金の手当てが大変なんですよ」

「そうかもしれないな」

「下村さん、そこでご相談なんですが、おたくのお客さんを少し回してもらえませんか。もちろん、工事を請け負わせていただけたら、それなりの口利き料を差し上げます」

「そういうことは……」

「なあに、どこもやってることです。われわれと建築家は持ちつ持たれつでしょうが」

「ま、そういう面もありますがね。万が一、手抜き工事なんかされたら、わたしは信用を失うことになる」

「下村さん、いまの言葉はちょっと聞き捨てにできないな。わたしのとこがいつ手抜き工事をしました？　儲(もう)けを度外視して、ずっと良心的な仕事をしてきたつもりです。そんなふうにおっしゃられるのは心外ですね」

「社長、むくれないでくださいよ。物の譬(たと)えとして言っただけなんですから」

下村が焦(あせ)った口調で言い訳した。

「あなたがそう出てくるんだったら、こっちも切札を使わせてもらうかな」

「切札って、何なんです？」

「下村さんは、吉水万里江という女性をよくご存じですよね？　『エコープランニング』という音楽配信会社の女社長です」

「戸倉社長、あなたは……」

「下村さんは一年ほど前から、その女性と不倫を重ねてる。数カ月前にわたし、探偵社にあなたの素行調査を頼んだんですよ。いつか何かの役に立つと思ってね」

「彼女とは、もう別れました。妻や娘に浮気がバレてしまったんですよ」

「確かに一カ月あまり前、女社長とはいったん別れたようですね。しかし、あなたは未練を断ち切れずに吉永万里江の身辺をうろついて、縒りを戻そうとしてらっしゃる。実は、探偵社に再調査させたんですよ」

「ええっ」

「気鋭の建築家がストーカー紛いのことをしてることが業界に知れ渡ったら、あなたの商売に影響が出てくるんじゃありませんか」

「わたしを脅迫してるんだなっ」

「人聞きの悪いことを言わないでください。わたしは事実をお伝えしただけです」

戸倉がそう言い、喉の奥で笑った。

「卑劣ですよ、こんなやり方は」

「わたし、会社を潰したくないんですよ。かわいい社員たちを路頭に迷わせるわけにはいきません」

「だからって……」

「下村さん、もう少し大人になりなさいよ。あなたにとって、損な話じゃないでしょ？受注工事代の二パーセントを口銭として差し上げます。一億の仕事でも、あなたの取り分は二百万になります。受注額が五億なら、一千万円です。いい臨時収入だとは思いませんか？」

「うむ」

「別れた女社長のことなんか早く忘れて、新しい彼女を見つけなさいよ。この不景気だから、月々七、八十万の手当を渡せば、愛人のなり手はいくらでもいるでしょ？　先行きの見えない時代なんだから、せいぜい人生を愉(たの)しまないとね」

「少し考える時間をください」

　下村が弱々しい声で言った。

「ええ、結構ですよ。この場で、ご返事をいただけるとは思っていませんでしたから。で、どのくらい待てば、よろしいのかな」

「二、三日考えさせてほしいんです」

「いいでしょう。結論が出ましたら、電話をください」

「わかりました」

「ここの鮟鱇鍋、絶品ですよ。遠慮なく鍋を平らげてください。この店はわたしのツケですので、どうぞごゆっくり！　わたしはこのあと予定があるんで、先に失礼させてもらいます」

　戸倉が勢いよく立ち上がった。店主に短く声をかけ、大股(おおまた)で店を出ていった。

　下村は口の中でぶつくさ言いながら、憮然(ぶぜん)たる表情で腰を上げた。鍋物には箸(はし)をつけなかった。

鬼丸は急いで勘定を払って、下村を追った。

下村はホテルを飛び出すと、自分の車に乗り込んだ。鬼丸はレンジローバーに駆け寄り、慌ただしく運転席に入った。

エンジンを始動させたとき、下村のＢＭＷが走りはじめた。

鬼丸は、ふたたび下村の車を尾行しはじめた。ＢＭＷは明治通りをたどって、渋谷区東二丁目の小ぢんまりしたオフィスビルの前に停まった。

万里江が経営する『エコープランニング』は、そのビルの三階にある。下村はヘッドライトを消すと、背凭れに上体を預けた。

鬼丸はＢＭＷの二十メートルほど後ろに自分の車を停止させ、すぐにヘッドライトを消した。

下村は万里江を待ち伏せして、彼女を拉致する気なのかもしれない。あるいは、ただ未練があることを訴えるだけなのか。どちらにしても、下村はかつての不倫相手を待つ気でいるにちがいない。鬼丸は早く片をつけたくなった。スマートフォンを使って、依頼人の万里江に連絡を取る。

「鬼丸です。いま、オフィスにいるんでしょう？」

「ええ、会社にいます。それが何か？」

「下村がビルの近くにいます。ＢＭＷの中で、あなたを待ち伏せしてるようです」

「しつこい男だわ」

「あなたに囮になってもらいたいと思ったんだが、怖いですか？　あなたがビルの外に出てくれれば、おそらく下村は何か行動を起こすでしょう」

「彼は、ひとりなんですか？」

「そうです。あなたと下村が話し込んでいるときに、わたしは彼を押さえるつもりです。協力してもらえます？」

「ちょっと不安ですが、わたし、囮になります」

万里江が意を決したように言った。

「ありがとう。あなたに危害を加えさせたりはしません。下村を暗がりに誘い込んでください。後は、わたしがうまくやります」

「わかりました。それでは、これから表に出ます」

「よろしく！」

鬼丸は電話を切り、煙草に火を点けた。逸る気持ちを鎮めるためだった。

一服していると、オフィスビルの出入口から万里江が現われた。彼女は足早に下村のBMWの横を通り抜け、少し先の路地に足を踏み入れた。

下村が転げ落ちるような感じでBMWから降り、小走りに万里江を追った。鬼丸は喫いさしの煙草を灰皿の中に突っ込み、静かにレンジローバーから出た。

　大股で進み、路地に入る。下村が万里江の片腕を摑んで、懸命に訴えていた。

「やっぱり、きみが好きなんだ。妻とはそう遠くないうちに必ず離婚するから、以前通りにつき合ってほしいんだよ」

「もう終わったのよ、わたしたちは」

「おれに愛想が尽きたというのかっ」

「あなたを尊敬できなくなったの。あなたはわたしに縒(よ)りを戻す気がないとわかったら、態度を硬化させて、いろいろひどいことを言ったわ」

「つい感情的になってしまったんだ。悪かったよ、謝(あやま)る」

「もう遅いわ。ストーカーみたいなことまでして、恥ずかしいとは思わないの?」

「きみと別れたくなかったんだ。しつこく追い回したことで迷惑をかけたんだったら、謝罪するよ。ごめん!」

「あなたなんでしょ、誰かを使って、わたしを拉致させようとしたのは? それから、わたしの車のブレーキオイルも抜かせたんでしょ?」

　万里江がもがきながら、そう言った。

「なんの話をしてるんだ!?」

「空とぼける気なのね。男らしく白状しなさいよっ」

「そう言われても、なんの話だかわからないんだ」

「とにかく、わたしたちはもう元の関係には戻れないわ。わたしにつきまとわないでちょうだい！」

「どうしても修復はできないと言うのか」

「ええ、できないわ」

「それなら、きみを殺して、おれも命を絶（た）つ」

下村は言うなり、万里江のほっそりとした首に両手を掛けた。万里江が喉（のど）を軋（きし）ませた。

鬼丸は二人に近づき、下村の肩を叩（たた）いた。下村がぎょっとして、振り向く。鬼丸は下村の顔面に右フックを浴びせた。下村がよろめいて、路上に倒れた。

鬼丸は万里江に目配（めくば）せした。万里江が黙ってうなずき、踵（きびす）を返した。じきに闇に溶け込んだ。

「いきなり殴（なぐ）ったりして、どういうつもりなんだっ」

下村が気色（けしき）ばみながら、憤然（ふんぜん）と立ち上がった。

鬼丸はステップインして、下村の肝臓（レバー）に拳（こぶし）を沈めた。下村が呻（うめ）き、前屈（まえかが）みになった。鬼丸は隙（すき）を与えなかった。すかさずアッパーカットで下村の顎（あご）を掬（すく）い上げる。

下村は両腕を高く掲（かか）げ、そのまま仰向（あおむ）けに引っくり返った。

倒れた瞬間、アスファルトの路面に後頭部を打ちつけた。鈍（にぶ）い音がした。下村は長く唸（うな）り、体をくの字に折った。

「あんた、吉永万里江を誰かに拉致させようとしたんじゃないのか！」

「きさまは誰なんだ？」

「素直にならないと、内臓を血袋にするぞ」

鬼丸は言い放ち、下村の腹に蹴りを入れた。鋭いキックだった。

下村が転げ回りはじめた。鬼丸は少し待ってやった。

「さっき万里江も同じようなことを言ってたが、こっちはそんなことはさせてない」

「嘘じゃないな？」

「ああ。わたしは、まだ万里江に惚れてるんだ。そんなことさせるわけないじゃないかっ」

「しかし、あんたは彼女を怯えさせるような威しをかけてる。懲らしめてやるとかなんとかな」

「ただの言葉の弾みだったんだ。万里江をどうこうするなんてことは考えてなかったんだよ」

「そうかな」

「あっ、その声は⁉　おたく、鈴木と名乗って、わたしの事務所に電話してきた奴だな」

「やっと気づいたか。ちょっと鈍いぞ」

「おたく、万里江の新しい彼氏なんだな。そうなんだろ？」

下村が言った。鬼丸は調子を合わせることにした。

「そういうことだ」

「くそっ、万里江は二股(ふたまた)を掛けてたのか」

「好きなように考えろ。これ以上彼女につきまとったら、殺(や)っちまうぞ」

「本気なのか⁉」

「ああ」

「わ、わかった。万里江のことは諦(あきら)めるよ」

下村が情けない声で言い、一段と体を丸めた。この男はシロだろう。

鬼丸は身を翻(ひるがえ)した。表通りに戻ると、万里江が立っていた。

向かい合うなり、鬼丸は口を開いた。

「下村はシロと考えていいと思います」

「そうですか。酒見さんよりも、彼のほうが怪しいと思ってたんだけど」

「次は酒見陽子を揺さぶってみます」

「お願いします。彼女はいつも深夜まで仕事をしてると言ってましたから、まだ恵比寿のオフィスにいるかもしれません」

万里江が言った。

「そうですか。それなら、これから行ってみましょう」

「わたし、一緒に行きましょうか？」

「いや、あなたは行かないほうがいいな。それじゃ、ここで！」

鬼丸は片手を小さく挙げ、レンジローバーに足を向けた。

4

エンジンを始動させる前に店に電話をした。

受話器を取ったのは、フロアマネージャーの伊藤だった。

鬼丸は仮病を使って、仕事を休ませてほしいと告げた。フロアマネージャーは困惑した様子だったが、すぐに代役を務めてくれている音楽大学の学生に連絡をしてみると答えた。

鬼丸はスマートフォンを懐に突っ込むと、イグニッションキーを捻った。

酒見陽子のオフィスに向かう。ほんのひとっ走りで、目的地に着いた。陽子の会社は貸ビルの五階にあった。

鬼丸は貸ビルの近くに車を停め、陽子の会社に電話をかけた。ややあって、ハスキーな声の女が流れてきた。

「お待たせしました。『クレオ』でございます」

「中村という者ですが、酒見社長はいらっしゃいますか？」

鬼丸は、ありふれた姓を騙った。

「わたくしが酒見でございます。失礼ですが、どちらの中村さまでしょうか？」

「ベンチャー企業に投資をしている者です」

「投資家の方ですの」

陽子の声が、にわかに明るんだ。

「ええ、そうです。あなたの会社が新しい口臭除去剤の特許使用権を入手されたという話を小耳に挟んだんですよ」

「そうですか。きわめて効果のある商品ですので、ヒットすることは間違いないと思います。しかし、クラウドファンディングによる資金調達がうまくいきませんので、頭を痛めておりましたの」

「ハイリターンが期待できるんだったら、投資は惜しみません」

「もちろん、勝算はあります。一度お目にかかれませんでしょうか。事業プランを詳しく説明させていただきたいんです」

「こちらも、ぜひ話をうかがいたいな。実は、わたし、貴社の近くにいるんですよ。三十分後に恵比寿ガーデンプレイスの中にある外資系ホテルのロビーで落ち合いませんか？」

「はい、うかがいます。中村さんの年恰好やお召しになっているものを教えていただけます？」

「こちらから声をかけますよ。実はわたし、数日前に武蔵小杉のご自宅に伺ったんです。あなたが急いでる様子だったので、つい声をかけそびれてしまったんですがね」

「そうでしたの。こちらの私生活をチェックされたわけね」

「ええ、まあ。気を悪くされました？」

「いいえ、ちっとも。投資企業や一般投資家の方々は大切なお金をベンチャービジネスに投じてくださっているわけですので、その程度のことは当然ですわ。それで、わたしの私生活に何か問題がございました？」

「ご近所の方々の評判は、すこぶるよかったですよ。私生活が乱れている起業家に投資したら、損をさせられることが多いんです。しかし、あなたの場合は何も問題なかった。それでは、三十分後にお会いしましょう」

鬼丸は電話を切ると、車を恵比寿ガーデンプレイスに走らせた。

ほんの数分で、外資系ホテルに着いた。鬼丸はホテルの駐車場に車を入れ、グローブボックスからデジタルカメラを取り出した。それを上着のポケットに入れ、フロントに回る。

どんなに人気のあるホテルでも満室になる日はめったにない。

鬼丸は偽名を使って、なんなくツインの部屋を押さえた。一二〇三号室だった。一泊分の保証金を払い、部屋のカードキーを受け取る。

鬼丸は十二階の部屋の下見をしてから、一階のロビーに降りた。広いロビーには、外国人の姿がちらほら見える。

鬼丸はエントランスに近いソファに腰かけた。

十分ほど待つと、酒見陽子が現われた。ブランド物の茶系スーツを着込み、黒いカシミヤのコートを小脇に抱えていた。厚化粧だった。お世辞にも美人とは言えない。

鬼丸は立ち上がって、『クレオ』の女社長に会釈した。

陽子がにこやかに笑い、歩み寄ってきた。蟹股だった。陽子はたたずむと、先に口を開いた。

「お電話をくださった中村さんですね?」

「ええ、中村鋭一です」

「想像していた方とだいぶ違うので、一瞬、戸惑ってしまいました。これまでにお会いした一般投資家の方たちとはまるで雰囲気が違いますので」

「金を持ってるようには見えなかった?」

「というよりも、自由業っぽい感じを受けたんです」

「そうですか。実は、数年前までグラフィックデザイナーをやってたんですよ。といっても、それほど売れてなかったんですがね。で、親の遺産が十億ほど入ったんで、ベンチャー企業に出資するようになったわけです」

鬼丸は作り話を口にした。

「そうでしたの」

「数社の未公開株を手に入れて、東証グロース上場の際には投資額の数十倍も儲けさせてもらいました。いま遊ばせてる金が十四、五億円あります。あなたのベンチャービジネスに投資して、おいしい思いができればと考えたんですよ」

「絶対に損はさせません。ティールームはもう閉まっているでしょうから、ラウンジバーかどこかで事業プランのことを説明させてください」

「わたしの部屋で話を聞きたいな」

「お部屋でですか⁉」

陽子が緊張した面持ちになった。

「バーやロビーで商談はしにくいでしょ？」

「それはそうですが……」

「何を警戒してるんです？　わたしが好色な投資家に見えるのかな」

「いいえ、そんなふうに思ったわけではありません」

「だったら、いいでしょ？」

「わかりました。中村さんのお部屋に行きましょう」

「やっと同意していただけたか。部屋に案内します」

鬼丸は目顔で陽子を促し、エレベーター乗り場に向かった。すぐに陽子が従いてくる。

二人は十二階に上がった。

一二〇三号室に入ると、鬼丸は陽子に強烈な当て身を見舞った。陽子が呻いて、床に頽れた。鬼丸は陽子を肩に担ぎ上げ、ベッドに運んだ。手早く衣服を剝ぎ取る。

陽子は、すでに中年女性の体型だった。全身のあちこちに贅肉が付いている。ウエストのくびれが浅く、腹もぽっこりと膨らんでいた。股間の繁みは濃い。

鬼丸は上着のポケットからデジタルカメラを摑み出し、陽子の裸体を撮影した。アングルを変えながら、五、六カット撮った。

デジタルカメラをポケットの中に収めたとき、陽子が息を吹き返した。自分が一糸もまとっていないことに気づき、彼女は寝具の中に慌てて潜り込んだ。

「なぜ、手荒なことをしたんです？　ちゃんと交換条件をおっしゃってくださったら、それなりに応じる気持ちでしたのに。もう小娘ではありませんから、お部屋に誘われたときに覚悟はできていました。わたしを抱きたいというなら、好きになさって。その代わり、一億円を出資していただけます？」

「あんたを抱く気はない」

「えっ、それではなぜ裸にしたんです？」

「そっちの弱みを押さえたかったからだよ」

鬼丸は言いながら、上着のポケットからデジタルカメラを取り出した。陽子が目を剝(む)き、口に手を当てた。

「全裸姿を何カットか撮らせてもらった」

「あなた、何者なの⁉　もしかしたら、強請屋(ゆすりや)なんじゃない？」

「そこまで堕落(だらく)してないよ。確かめたいことがあったんで、少しばかり荒っぽい手を使わせてもらったんだ。金をせびる気はないから、安心してくれ」

「ほんとに？」

「ああ。ただし、あんたが協力的じゃなかった場合は、さっき盗み撮りした画像をインターネットにアップすることになるな。ついでに動画も撮っておくか」

「そんなことはしないで。知ってることは何でも喋ります」

「いい心がけだ。それじゃ、早速(さっそく)、質問に答えてもらおう。吉永万里江のことは知ってるだろう？」

「ええ、知ってるわ。ベンチャー企業家の親睦(しんぼく)パーティーで何度も顔を合わせてますから」

「あんたは彼女に何か恨(うら)みを持ってるようだな」

「それは……」

「口ごもらないで、ちゃんと答えるんだっ」

「あの女は嫌いだわ。わたしの事業に資金援助してくれそうなスポンサーを横奪りしたんですよ」

「だから、いつか恨みを晴らしたかった。それで誰かに吉永万里江を拉致させようとしたり、彼女のアルファロメオのブレーキオイルを抜かせたんじゃないのか？」

「な、何を言ってるの⁉　わたし、そんなことさせてません！　冗談じゃないわ」

「あんたが嘘をついてたら、恥ずかしい画像をプリントして、投資家たちや社員の自宅に送りつけることになるぞ。それでもいいのかっ」

　鬼丸は声を張った。

「吉永万里江がわたしを陥れようとしてるのね。あの女をここに呼んできてちょうだい！　そうすれば、わたしが無実であることははっきりするでしょう」

「そっちは、彼女の存在を目障りだと感じてたんじゃないのか」

「それは、その通りよ。だけど、そんな仕返しなんかしてないわ。わたしは会社を経営している人間ですよ。社員たちの生活を保障しなければならないんです。犯罪事件なんか起こすわけないでしょうが！」

　陽子が憤り、ひとしきり悔し涙を流した。嘘をついているようには見えなかった。

「ひどいことをして悪かった。どうやら早とちりをしてしまったようだ」

「それで済むと思ってるのっ。あなたのこと、警察に話してやる。きっとレイプ未遂で、あなたは捕まるわ」

「その前にあんたの全裸写真をばら撒く」

「最低ね！」

「なんとでも言ってくれ。もう話は終わったんだ。お引き取り願おうか」

鬼丸は、もうひとつのベッドに腰かけた。

陽子が鬼丸を憎々しげに睨みつけながら、ベッドから離れた。それから彼女は床から洋服とランジェリーを拾い上げ、後ろ向きで身繕いをした。

鬼丸は、さすがに後味が悪かった。画像を削除し、そのことを陽子に告げた。

「画像を消してくれたから、警察には行かないわ。でも、あなたのしたことは絶対に赦せないわ」

「おれを恨むだけ恨んでくれ。しかし、フロントでおれの正体を突きとめようとしても無駄だよ。宿泊カードに書いた氏名や住所は、でたらめだからな」

「あなた、吉永万里江に頼まれた探偵か何かなんでしょ？　だったら、あの女の男関係を調べてくれない？　百万出すわよ」

「なぜ、そんなことをしたいんだ？」

「きっと吉永万里江は肉体を武器にして、出資金を集めてるにちがいないわ。離婚歴があるんだから、体を張るぐらいは何でもないはずよ」

「彼女が色気で投資家たちを誑かしてたら、それをスキャンダルにして、『エコープランニング』をぶっ潰してやろうってわけか」

「ええ、そうよ。二百万出してもいいわ。それから、わたしを抱きたいんだったら、抱かせてあげる。ね、どうかしら？」

「断る」

「あっ、わかったわ。あなた、あの女に何か甘いことを言われたんでしょ？」

「おれを見くびるな。早く消えてくれ」

「わかったわよ」

陽子が頬を膨らませ、部屋から出ていった。

鬼丸は依頼人に電話をかけた。万里江はワンコールで電話に出た。

「鬼丸です。たったいま、酒見陽子に直に揺さぶりをかけ終えたところです」

「どうでした？」

「彼女もシロだと思います」

「それでは、いったい誰がわたしを狙ってるのかしら？」

「下村と陽子のほかに、怪しいと思われる奴は？」

「二人のほかには思い当たる人物はいません」

「そう。あなたの身辺で、どなたか誰かに恨まれてるような方は？」

「えーと、それは……」

「いるんですね」

「いいえ。やっぱり、いません」

「なんだか歯切れが悪いな。都合の悪いことでも正直に話してもらいたいんですよ」

「ええ、わかっています」

「出資者たちとの関係はいかがです？」

「キャピタリストたちとの関係は良好です。少なくとも、投資企業や一般投資家たちからクレームをつけられたことはありません」

「そう。酒見陽子から聞いたんだが、あなたには離婚歴があるそうですね」

「は、はい。二十六歳のときに結婚したのですが、一年数カ月で破局を迎えることになってしまいました。わたしに、男性を見る目がなかったんだと思います」

「別れた元夫はサラリーマンだったのかな」

鬼丸は訊いた。

「いいえ、自由業でした」

「立ち入ったことをうかがうが、離婚の原因は？」

「性格の不一致ということになるのでしょうね。夫婦でよく話し合って、別々に生きようってことになったんですよ」

「そうですか。別れた元夫と何か揉め事は？」

「ありません。離婚してから、わたしたち二人は一度も会ってないんです」

「そうなら、いまごろ元夫が何か企むとは考えにくいな」

「ええ、それはないと思います」

「社員の方で最近、退職された方は？」

「ひとりもいません」

「そう」

「新たな手がかりを提供できなくて、ごめんなさい」

万里江が申し訳なさそうに言った。

「いや、気にしないでください。調べるのがこっちの仕事ですから、必ず何か手がかりを摑みますよ」

「はい、頼りにしています。どうか一日も早くわたしの不安を取り除いてください」

「力を尽くします」

鬼丸はアイコンをタップして、すぐに蛭田仁のスマートフォンを鳴らした。蛭田はツーコールの途中で電話に出た。

「仁、ちょっと探偵の真似ごとをしてもらえないか？」

「いいですよ。で、マークする相手は誰なの？」

「『エコープランニング』という音楽配信会社の美人社長だよ」

鬼丸はそう前置きして、吉永万里江のことを詳しく話した。むろん、彼女の依頼内容についても語った。

「その美人社長の交友関係を探（さぐ）ればいいんですね」

「ああ、そうだ。依頼人の顔写真を渡したいんで、明日の昼間どこかで会おう」

「それじゃ、昼前におれが鬼丸（オニ）さんに電話をします」

蛭田が先に電話を切った。

鬼丸は一瞬、マーガレットを部屋に呼び寄せる気になった。だが、すぐに思い留（とど）まった。ツインベッドルームである。あらぬ疑いをかけられるかもしれない。

鬼丸はベッドに大の字に引っくり返った。

このホテルで侘寝（わびね）をすべきか、それとも自宅マンションに帰るべきか。鬼丸は天井を見つめながら、ぼんやりと考えはじめた。

第二章　逆援助交際クラブ

1

寝息は規則正しかった。

鬼丸は、ベッドに横たわっている押坂勉の寝顔を見ていた。デス・マッチ屋の蛭田に万里江の交友関係を探ってくれと頼んだ翌日の午後四時過ぎだ。

鬼丸は毎月二回、昏睡状態の押坂を訪ねている。病院は八王子市小比企町にあった。押坂の病室は東病棟の三階だ。病院は雑木林に囲まれ、いつも静かだった。

窓はカーテンで塞がれている。照明はスモールライトしか灯されていない。

「おい、いい夢を見てるか？」

鬼丸は円椅子を枕許にずらし、押坂の肩口を叩いた。当然のことながら、なんの反応もなかった。

顔の髭は、きれいに剃られている。頭髪にも櫛目が通っていた。

鬼丸は寝具を捲って、押坂の手を見た。爪も伸びていない。担当の女性看護師が小まめに病人の世話をしているのだろう。

押坂の妹の千草も、足繁く兄を見舞っている。三十五歳の千草は人材派遣会社の経営者だ。そのため、割に時間の都合がつくのだろう。

「おまえの手、少し細くなったな。無理もないか、点滴と流動食だけで生命を維持させてるわけだからな」

鬼丸は、また押坂に語りかけた。

骨張った手の甲を撫でさすったとき、押坂が歩道橋の階段から転げ落ちていくシーンが脳裏に蘇った。掌に触れた押坂の背骨の感触も鮮やかに思い出した。

そのとたん、鬼丸は胸苦しさを覚えた。自分の犯した罪を誰かに話せたら、どんなにか気持ちが楽になるだろう。

しかし、いまさらそんなことはできない。臆病な卑怯者というレッテルを貼られることは、それほど怖くなかった。だが、恋情を寄せていた千草に真実を知られることはどうしても避けたい。

身勝手な考えだが、彼女には自分の醜い部分を見せたくなかった。それにしても、取り返しのつかないことをしてしまったものだ。

重い十字架を一生背負いつづけていく覚悟はできているが、やはり愚行が悔やまれてならない。保身のためだったとはいえ、どうして押坂をあんな目に遭わせてしまったのか。自分の狡さと弱さが呪わしい。

「押坂、おまえの夢に一歩近づいたぞ。ようやく三億をプールできたんだ。裏ビジネスで五億溜まったら、とりあえずコミューンの建設場所を絞り込んで、土地を探しはじめるよ。海を一望できる丘を候補地に考えてるんだが、おまえはどう思う？」

鬼丸は小声で問いかけ、押坂の手を寝具で覆った。

そのすぐ後、病室のドアが開けられた。

鬼丸は円椅子から立ち上がった。入ってきたのは、若い女性看護師だった。未使用の紙おむつを手にしていた。

「あら、どうも！　押坂さんとは、本当に仲がよかったんでしょうね。親友というよりも、心友って感じ」

「押坂には、いろいろ面倒を見てもらったんですよ。少しは恩返しをしないとね」

「それにしても、鬼丸さんは偉いわ。二年半も毎月二回、押坂さんのお見舞いにいらっしゃるんですから」

「もっと頻繁に来てやりたいんだが、身過ぎ世過ぎもあるからね」

「充分という言い方はおかしいかもしれませんが、月に二回は大変だと思います。どなたとは申し上げられませんけど、三人もお子さんがいらっしゃる年配の患者さんの病室には家族の方は年に二、三回しか見えないんですよ」

「その方も押坂と同じように植物状態なんですか？」

鬼丸は訊いた。

「ええ、そうです。交通事故で頭を強打されたんです。元気なころは典型的なワンマンタイプだったというお話ですけど、身内の方たち、少し冷たいですよね」

「それぞれに事情があるんでしょ？　人間、喰っていかなければならないからな」

「それはそうなんですけど」

「最近、千草さんは？」

「四、五日前にお見えになりましたよ。千草さんは、本当にお兄さん思いですね。ご兄妹の関係は、とってもよかったんでしょ？」

「二人は、すごく仲がよかったね。押坂のこと、よろしくお願いします」

「はい」

女性看護師がベッドに歩み寄り、寝具の裾を大きくはぐった。鬼丸は一礼し、三〇一号室を出た。

ナースステーションの前を通り抜け、エレベーターで一階に下る。函を出ると、エレベーターホールに千草が立っていた。

「やあ！」

鬼丸は笑いかけた。

「いつもありがとうございます」

「いやあ、きみこそ大変だね」

「わたしはちっとも苦になりません。兄のそばで考えごとをしてる時間が好きなの」

「そう」

「鬼丸さん、ご迷惑じゃなかったら、地下のティー＆レストランで少しお喋りしませ
ん？」

「いいよ。久しぶりに一緒にコーヒーでも飲もう」

鬼丸は先に歩きだした。千草がすぐに肩を並べた。

二人は階段を下り、地階のティー＆レストランに入った。客は疎らだった。奥のテーブ
ル席につき、どちらもホットコーヒーを頼んだ。

鬼丸はやや体を斜めにして、目を伏せた。後ろめたさがあって、千草の顔をまともに見
ることができなかった。

「いまも六本木のお店でピアノを弾いてらっしゃるんでしょう？」

千草が話しかけてきた。

「ああ。きみのほうの商売は？」

「おかげさまで、ようやく軌道に乗りました」

「それはよかった。ひと安心したよ」

「でも、多くの企業は求人数を増やしてるわけではないんで、まだ先行きは読めません」

「社会が迷走してるんだから、誰もみな先行きには不安を感じてるんじゃないかな？」

「ええ、そうでしょうね。その後も、つき合っている女性とはうまくいってるんでしょ？」

「うん、まあ」

鬼丸は曖昧に答え、コップの水で喉を潤した。コップを卓上に戻したとき、コーヒーが運ばれてきた。

ウェイトレスが遠ざかると、千草が口を開いた。

「鬼丸さんは、ブラックだったわね？」

「そう。ミルクと砂糖の甘ったるさが口の中に残るのがどうも苦手なんだ」

「わたしも、糖分を控えないとすぐに太っちゃうんだけど、ブラックでは苦すぎて」

「少しぐらいの糖分は気にすることないよ」

「だけど、ほとんどの男性はスリムな女性のほうが好きみたいだから」

「きみのようなタイプの女性がそういうことに惑わされるとは意外だな」

「別に惑わされてるわけじゃないけど、男性の好みはやはり気になるわ。もう若くはないけど、一応、まだ独身だから」

「結婚するかどうかは別にして、恋愛はすべきだね。いい恋愛は、生きるエネルギーになるはずだから」

「わたしも、そう思うわ。だけど、わたしが愛しいと想ってる男性は手の届かない所にいるの」

「そう」

鬼丸はコーヒーをブラックで啜った。

「わたしには、恋愛運がないのかもしれないわ」

「運というものは、自分で呼び込むもんじゃないのかな」

「そうなのかもしれないけど、自分の力では呼び込めない運もあるでしょ？」

「だろうね。だから、ある意味で人生は面白いのかもしれない」

「そんなふうに言えるのは、鬼丸さんが精神的に充たされてるからなんじゃないのかしら？　わたしは恋愛下手だから、辛い思いだけが増幅されちゃって」

千草が杏子の形をした目を卓上に落とし、コーヒーカップに口をつけた。コーヒーをひと口飲み、カップの縁に付着したルージュをさりげなく指の腹で拭った。いかにも女らしい所作だった。

鬼丸は自分が遠回しに責められているような気がして、なんとも落ち着かなくなった。

早く話題を変えたかった。そうした心中を察したのか、千草がさりげなく話題を転じた。

「おかしなことを訊くけど、昔のセクトの幹部たちの影を感じたことない？」

「感じたことはないが、どういうことなんだろう？」

「幹部の人たちが数カ月前から、兄の転落した晩のことを調べてるらしいの。もしかしたら、兄は対立してるセクトの誰かに歩道橋の階段から突き落とされたんじゃないかと疑いはじめてるみたいなのよ」

「ちょっと待ってくれ。押坂は、きみの兄さんは自分で階段を踏み外したと警察が判断して、事故扱いになったはずじゃないか」

鬼丸は内心の狼狽を隠して、努めて平静に言った。

「ええ、そうよね。でも、セクトの幹部たちは兄が過激派のメンバーだったので、警察はちゃんとした現場検証をしなかったんじゃないかと思ってるようなの。それからね、対立セクトの仕業ではなく、ひょっとしたら、警察の公安関係者が兄を突き落としたのかもしれないとも疑いはじめてるみたいなのよ」

「対立セクトや公安関係者がそこまでやるとは考えにくいな。押坂は幹部のひとりだったが、最高責任者だったわけじゃない」

「そうなのよね。だから、わたし個人は単に兄が酔っ払って足を踏み外したんだろうと考えてるんだけど、幹部の人たちは事件の疑いがあると事故当夜の目撃者捜しをしてるらしいの。それから……」

千草が言い澱んだ。切り出しにくい事柄なのだろう。

「先をつづけてくれないか」

「え、ええ。幹部の人たちは、事故直前まで兄と飲んでいた鬼丸さんが何か隠しごとをしているのではないかと疑ってるようなの」

「もっと具体的に言ってくれないか」

「幹部の人たちは、鬼丸さんが対立セクトか公安関係者に脅迫されて、事件のことを誰にも話せないんじゃないかと推測してるみたいなの」

「そんなことはないよ、絶対に。押坂はおれと別れた後、歩道橋の階段から転げ落ちたんだと思う。少なくとも、おれが誰かに口止めされたなんて事実はない」

「わたしは鬼丸さんの言葉を信じるわ。ただ、ある時期、あなたの行動に引っかかるものを感じてはいたけど」

「おれがちょくちょく押坂を見舞ってるんで、二人の間に何か揉め事があったんじゃないかと勘繰ったことだね？」

「ええ、そう。鬼丸さんは揉め事なんかなかったとはっきり言ったし、兄とは波長が合ってたんで、アメリカから帰国して以来、月に二度見舞いをしてると……」

「その通りだよ」

　鬼丸は良心の疼きを感じながらも、澄ました顔で言った。

「幹部の人たちは、鬼丸さんが健康上の理由で急にセクトから遠ざかったことで何か不自然さを感じたみたい」

「そのことについては、以前きみに話したと思うがな」

「ええ、本当に体調がすぐれなかったのよね？」

「そうなんだ。眠れなくなって、急に息が詰まるようになったんだよ。だから、セクトの活動ができなくなってしまったんだ。それで、結局はセクトを脱ける形になったんだよ」

「ええ、そういう話だったわね。わたしは鬼丸さんの味方よ。だけど、幹部の人たちはあなたが何か隠してると思い込んでるようだから、少し警戒したほうがいいかもしれないわ」

「そうだな。わざわざ教えてくれて、ありがとう」

「どういたしまして。好きな男性に何かあったら困るから、一応、鬼丸さんの耳に入れておきたかったの」

「そう」

「わたしったら、なんてことを言ってしまったんだろう。わたし、鬼丸さんにフラれちゃったのに」

「こんなときは、どう答えればいいのか。返事に困るよ」

「そうよね。ごめんなさい。わたし、ちょっと神経がラフだったわ」

二人の会話が途切れた。

鬼丸はまたブラックコーヒーを口に運んだ。五分ほど過ぎると、不意に千草が沈黙を突き破った。

「わたし、そろそろ兄の病室に行かなければ。久しぶりに鬼丸さんとゆっくり話ができて、とっても愉しかったわ」

「おれもだよ」

鬼丸は伝票を抓み、先に立ち上がった。

千草が腰を浮かせながら、勘定を払わせてほしいと早口で言った。鬼丸は黙って首を振り、レジに向かった。二人は店を出ると、一階のロビーに上がった。千草がエレベーターに乗り込んでから、鬼丸は外来用駐車場に足を向けた。

レンジローバーのドア・ロックを解除したとき、物陰から男が不意に姿を見せた。とっさに鬼丸は身構えたが、歩み寄ってきたのは旧知の新聞記者だった。毎朝タイムズ社会部の橋爪昇だ。鬼丸よりも三つ年上である。

「橋爪さんの知り合いが、この病院に入院してるんですか?」

鬼丸は訊いた。

「おれがここにいる理由はわかってるくせに、よくそういうことが言えるな。公安調査官時代も、おたくはいつもポーカーフェイスだった」

「いまは隠さなければならない情報なんか、何も持ってませんよ。おれは、ただのピアノ弾きですんでね」

「おれは、そうは見てない」

　橋爪がにやついた。

「おれが何をやってると言うんです？」

「おたくは何か裏ビジネスをやってる。交渉人を兼ねたトラブルシューターをやってるんだろ？」

「そんな才覚はありませんよ、おれには」

「いったい何を警戒してる？　おたくは時々、おれに探りを入れにくる。そして、その見返りに、おれに特種を匿名で提供してくれてる」

「橋爪さんは何か誤解してるみたいだな。おれ、そんなことをした憶えはありません」

「そこまで空とぼける気か。いつかも言ったと思うが、おれの住んでるマンションの防犯カメラにおたくの姿がはっきり映ってたんだ。おたくは、おれのメールボックスに差出人名のない封書を投げ込んでた。中身は、スクープ情報だった。おかげで、おれは社から金一封を貰えた。ここまで喋ってるんだから、いい加減に白状しろって」

「裏仕事なんか何もしてませんって」

「おれを信用しろよ。おたくが裏でやってることを非難する気はないんだ。人にはみな、それぞれ事情や生き方ってやつがあるからな。おれは協力し合って、能率的に情報収集をしないかと言ってるんだよ」

「そう言われても、しがないピアニストには協力しようがないでしょ？」

鬼丸は言った。

「喰えない男だ。おれがここに来たのは、押坂勉の事故の真相を所属セクトの幹部たちが探りはじめてるって情報をキャッチしたからなんだよ」

「そうなんですか。なんだって、いまごろになって、そんなことをやりはじめたんでしょうね」

「そのセクトに潜入して、押坂から情報を収集してたおたくが知らないわけないだろうが」

「おれは知りませんよ」

「押坂を歩道橋の階段から突き落としたのは、公安調査庁に雇われたアウトローだったんだろう？　おたくは利用だけされて植物状態にされた押坂を気の毒に思って、ちょくちょく見舞いに訪れてる。おれは、そう推測してるんだ」

「おれがよく見舞いにやってくるのは、単に押坂と仲がよかったからですよ。ただ、それだけですって。公調が外部の人間を使って、押坂を歩道橋の階段から突き落としたとは思えないな」

「そうじゃないとしたら、警視庁の公安(ハム)が関与してるのかもしれない。それから、対立セクトの犯行(ヤマ)とも考えられるな」

「考え過ぎでしょう。押坂はそれほどの大物だったわけじゃありませんよ」

「言われてみれば、公安関係者が狙うような相手じゃないな。しかし、セクトの幹部たちは押坂の転落事故のことを洗い直しはじめてる。何かそれなりの疑いがあったから、幹部たちは真相究明に乗り出したにちがいない」

「そうなんだろうか」

「何も喋る気はないらしいな。とんだ無駄骨を折った」

橋爪がぼやいて、鬼丸に背を向けた。

鬼丸は自分の車に乗り込み、六本木の『シャングリラ』をめざした。

数キロ走ったとき、蛭田から電話がかかってきた。

「いま吉永万里江の参宮橋(さんぐうばし)の自宅マンションの前で張り込み中なんですが、数分前に女社長の部屋に二十六、七歳の男が入っていったんです」

「依頼人は、もう自宅に戻ってるのか？」

「ええ。三十分ぐらい前に、オフィスから自宅マンションに戻ったんです」

「そうか。で、訪ねてきた男は部屋のインターフォンを鳴らしたのか？」

「いいえ。そいつは合鍵を使って、部屋に入りました。もしかしたら、依頼人の若いツバメなのかもしれないな」

「サラリーマン風だった？」

鬼丸は問いかけた。

「いや、勤め人じゃないでしょう。頬（ほお）に刀傷（かたなきず）があって、茶髪（ちゃぱつ）でした。イケメンです。ぞろりとした黒革のロングコートをセーターの上に羽織（はお）って、ブーツを履（は）いてたな。パンクロッカーか何かなんじゃないっすか」

「そいつが吉永万里江の部屋から出てきたら、尾行してみてくれ」

「了解！」

「男の正体がわかったら、すぐに連絡してくれ。店の仕事が終わり次第、おれは仁と合流する」

「わかりました」

蛭田が通話を切り上げた。

成熟した美人社長が年下の男を戯（たわむ）れの相手に選んだとは思いたくない。しかし、エネルギッシュに事業経営に情熱を傾けている女性たちは、息抜きにホストクラブ通いをしているようだ。

万里江も割り切って若いセックスフレンドと肌を貪（むさぼ）り合い、体の渇（かわ）きを癒（いや）しているのか。そうなのかもしれない。

鬼丸はスマートフォンを懐にしまうと、車の速度を上げた。

2

最後のピアノ演奏が終わった。

フロアで踊っていたホステスと客が散り、おのおの自分のテーブルに戻った。それを見届けてから、鬼丸はピアノから離れた。

更衣室に引き揚げようとしたとき、フロアマネージャーに呼びとめられた。

「鬼丸先生、社長がお呼びですよ」

「そう。御木本先輩は、社長室にいるんだな？」

「ええ」

「わかった。ありがとう」

鬼丸は謝意を表し、タキシード姿のまま奥の社長室に向かった。

ノックをして、社長室に入る。御木本は机に向かい、帳簿に目を通していた。

「先輩、きのうは仕事を休んでしまって、申し訳ありませんでした」

「いいんだよ、気にしなくても。それより、もう熱は下がったのか？」

「ええ、おかげさまで。ただの風邪だったんだと思います」

「そうか。わざわざ来てもらったのは、ほかでもないんだ。こないだ話した件なんだが、もう一度考え直してもらえないか」

「とても先輩の代役は務まりませんよ」

「やっぱり、無理か」

「すみません」

「謝ることはないさ。それじゃ、いっそ店を閉めて船旅に出るかな」

「何も店を閉めることはないでしょ？　先輩は自分のレーシングチームを持つため、この商売をやりはじめたわけですから。もう夢は捨ててしまったんですか？　若いレーサーを自分の手で育て上げたいんだと熱っぽく語ってたのに」

鬼丸は言った。

「おれには夢が大きすぎたよ。ある程度の規模のレーシングチームを維持していくには莫大な金がかかるんだ。だから、ほとんどのチームに企業スポンサーが付いてる」

「そうみたいですね」

「しかし、ヒモ付きじゃ、自由に若いレーサーを育てることはできない。だから、おれは自前のレーシングチームを持ちたかったんだ」

「その話は何度も聞かされました」

「ああ、そうだったな。この店の経営はうまくいってるんだが、チームを結成できるほどは儲けられなかった」

「まだ四十一歳なんだから、そう焦ることはないでしょ？　五十歳になって、自分のチームを持っても遅くはないと思うがな」

「そう悠長には構えてられないんだ。おれには、もう……」

　御木本が言いさし、口を噤んでしまった。

「先輩、どこか体が悪いんじゃありませんか？」

「おまえにだけ打ち明けるんだが、おれは長生きできない体なんだ。癌細胞が肺と胃だけじゃなく、肝臓にも転移してるんだよ。余命は、せいぜい一年だろうって医者は言ってるんだ」

「先輩……」

　鬼丸は、思わず机に歩み寄った。

「そんな面すんなって。誰にも寿命があるんだ。四十一、二歳で死ぬのは少し早過ぎる気もするが、ま、仕方ないさ」

「諦めるのは、まだ早いですよ。いい抗癌剤が次々に出てきてるようじゃないですか」

「そうらしいが、おれの場合は手遅れさ。末期癌だからな。だから、抗癌剤も服んでないし、コバルト照射も受けてないんだ。ただ、モルヒネで痛みを抑えてるだけなんだよ」

「なんで、もっと早く言ってくれなかったんです？　早期のうちに癌細胞をやっつけておけば……」

「あまり自覚症状がなかったんだ。だから、うっかりボディーブロウを貰っちまったんだよ。ガードが甘かったな」

　御木本が言って、無理に笑顔を見せた。なんとも痛ましかった。

　鬼丸は何か励ましの言葉をかけたかった。しかし、あいにく適当な台詞が浮かばない。どう力づけても、相手には虚しく響くのではないか。そう思うと、何も言えなかった。

「鬼丸、どうしたんだ？　いつものおまえらしくないぞ」

「先輩、最新の治療を受けるべきですよ。末期だからって、すぐに諦めちゃ駄目です。ボクサー魂で、病気と闘うべきですよ」

「無茶言うなって。いまのおれはノックアウト寸前までダメージを喰らってるんだ。マットに沈むのは時間の問題だろう」

「それでも闘うべきだと思います」

「他人事だからって、軽く言うなよ。だいたい苦しい思いをして延命を図っても、たいした意味ないじゃないか」

「先輩が若死にしたら、おふくろさんやお姉さんが悲しむはずです」

「まあ、それはな。しかし、寿命は金じゃ買えないんだ。身内は確かに悲しむだろう。でも、もうどうしようもないじゃないかっ」

　御木本が苛立たしげに喚いた。

「たとえ全身を癌細胞に蝕まれていても、最後まで生きる努力をすべきです。それが、この世に生を享けた者の務めですよ」

「おまえは健康体だから、そんなきれいごとが言えるのさ。時々、襲ってくる激痛は凄まじいんだ。骨の髄まで痛んで、実に耐えがたい。早く苦痛から逃れられるなら、自ら人生に終止符を打ってもいいとさえ思うぐらいなんだよ」

「辛いでしょうが、一年でも二年でも長く生きてください」

「もうよそう。おまえにこの店の経営を引き継いでほしかったんだが、おれの体が動かなくなったら、もう閉めることにするよ。ここで自分のレーシングチームを持つという夢を紡ぎつづけてきたんだが、残り時間が少なくなってきたからな。もう潮時だろう」

「がっかりだな」

「え？」

「学生時代にウェルター級のチャンピオンを三年も護り抜いた先輩は、おれたち後輩の憧れでした。どんなピンチを迎えても、決して気弱にはならなかった。いつも果敢に対戦相手に挑んでた。すごくカッコよかったですよ」

「若かったから、がむしゃらにファイトできたんだ。四十代になりゃ、体力も気力も衰える。鬼丸、もう引き取ってくれ」

「先輩、明日から治療を受けましょう。おれ、病院に一緒に行きますよ。そして、御木本さんが退院するまで『シャングリラ』を仕切らせてもらいます」

「おまえの優しさは心に沁みたよ。でもな、もういいんだ。自分の夢を他人に託すことは、甘えも甘えだからな。鬼丸には鬼丸の生き方がある。そのことをつい忘れてしまったよ。脳までイカれはじめてるのかもしれないな」

「とにかく、明日、一緒に病院に行きましょう」

「優しさの押し売りは、ありがた迷惑だな」

「おれは何もそんなつもりで……」

「ひとりになりたいんだ。子供じみたわがままだが、おれの言う通りにしてくれないか」

「わかりました」

鬼丸は軽く頭を下げ、社長室を出た。その足で更衣室に向かい、手早く私服に着替える。

店を出た直後、蛭田から電話がかかってきた。

「例のイケメン、女社長の部屋に入ったまま出てくる気配がないんですよ。今夜は泊まるつもりなんじゃない？」

「そうなのかもしれないな。少し前に仕事が終わったんだ。これから、参宮橋の依頼人のマンションに向かうよ。おれがそっちに着いたら、仁は引き揚げてくれ」

「鬼丸さんがこっちに来る前にツバメかもしれない男が部屋から出てきたら、おれは予定通りに動くことにします」

「ああ、そうしてくれ」

鬼丸は電話を切り、車を駐めてある裏通りに向かった。今夜は冷え込みが厳しい。吐く息がたちまち白く固まる。首のあたりが寒い。

鬼丸はシープスキンのハーフコートの襟を立て、歩度を速めた。御木本が末期癌だという話は、きわめてショックだった。

延命の努力をすべきだと力んで喋ったが、それでよかったのか。モルヒネの力を借りながら、楽に余命を過ごさせるほうがよかったのかもしれない。そんな考えも頭を掠め、自分の助言に自信が持てなくなってきた。

いずれ御木本が亡くなると思うと、鬼丸は焦りを覚えた。オーナーには恩義がある。御木本先輩が存命中に少しでも恩返しをしたい。

しかし、いまの自分に何ができるのか。御木本は経済的には、なんの不自由もない。治療費をこっそり払っても、恩を返したことにはならないだろう。かえって、相手に失礼になる。

できるだけ御木本のそばにいて、輝いていたころの思い出話をさせることはたやすい。

だが、そうした気遣いは相手の心に負担をかけるだけだろう。

　御木本を強引にでも入院させ、店を仕切ることがベストなのだろうか。だが、自分には経営能力がない。むしろ、従業員たちの足を引っ張ることになりそうだ。

　それにオーナーの代役をこなしていたら、裏仕事ができなくなってしまう。そうなったら、今度は押坂に対する罪滅(ほろぼ)しができなくなる。どうすればいいのか。

　鬼丸は長嘆息(ちょうたんそく)し、レンジローバーに乗り込んだ。エンジンを始動させたとき、スマートフォンに着信があった。発信者は恋人のマーガレットだった。

「今夜の予定はどうなってるの？　明日はオフの日だから、竜一が来てくれると嬉(うれ)しいんだけど」

「これから仁と飲む約束をしちゃったんだ」

　鬼丸は言い繕(つくろ)った。

　マーガレットには、裏稼業のことは打ち明けていなかった。この先も話す気はない。自分を慕(した)ってくれている相手に余計な心配をさせたくなかったからだ。

「蛭田さんと一緒なら、朝まで飲むことになりそうね」

「うん、多分な」

「竜一、いつもよりも声が沈んでるみたい。お店で何かあったの？」

「別に何もないよ」

「ほんとに？」

「ああ」

「やっぱり、いつもと様子が違うわ。わたしのほかに、好きな女性ができたの？」

「おれはマギーに首ったけなんだ。浮気なんかするわけないじゃないか」

「その言葉を信じてもいいのね？」

「もちろんさ」

「嬉しいわ。気が向いたら、わたしの部屋に寄って。それじゃ、そういうことで」

マーガレットが電話を切った。

鬼丸は車を参宮橋に走らせた。万里江の自宅マンションを探し当てたのは、午前零時数分前だった。洒落（しゃれ）た造りの『参宮橋アビタシオン』の斜め前に黒いマスタングが見える。蛭田の車だ。

鬼丸はマスタングの数十メートル後方にレンジローバーを停めた。そのとき、巨身の蛭田がマスタングを降りた。降りにくそうだった。

蛭田には、マスタングは小さすぎる。鬼丸はもっと大きな車に買い換（か）えろと幾度（いくど）も勧（すす）めたのだが、蛭田はずっとマスタングに乗っている。よっぽど車のデザインが気に入っているのだろう。

鬼丸は車を降り、蛭田を犒（ねぎら）った。

「ご苦労さん！」

「早かったですね。その後、動きはありません。いまごろ女社長とイケメンはベッドでナニしてるんじゃねえのかな」

蛭田がたたずんだ。厚手の太編みセーターの上に灰色のフリースを着込んでいる。下は草色のチノクロスパンツだ。クルーカットの頭には、毛糸の黒いワッチ帽を被（かぶ）っていた。

「仁、『参宮橋アビタシオン』の出入口はオートロック・システムにはなってないんだな？」

「ええ。勝手にマンションの中に入れます。だから、おれ、吉永万里江が住んでる六〇六号室に何度となく近づいて、玄関ドアに耳を押し当ててみたんですよ。けど、人の話し声までは聞こえなくてね」

「そうか。仁は、もう中野の塒（ねぐら）に帰って寝てくれ。後は、おれが張り込んで依頼人の交友関係を探（さぐ）ってみるよ」

鬼丸は言った。ちょうどそのとき、『参宮橋アビタシオン』の表玄関から茶髪の男が現われた。二十六、七歳だろう。黒革のロングコートを着ていた。

「依頼人の部屋に合鍵で入ったのは、あの男か？」

鬼丸は蛭田に小声で問いかけた。蛭田が体を反転させ、すぐに口を開いた。

「ええ、あいつです。鬼丸（オニ）さん、おれ、あの男を尾行してみます」

「いいのか？　部屋に誰か女を引っ張り込む気だったんだろうが」

「そういう女がいるんだったら、今夜の張り込みは断ってましたよ」

「それもそうか。それじゃ、頬に刀傷のある美青年の正体を突きとめてもらおう」

鬼丸は言った。蛭田がうなずき、マスタングに駆け寄った。

茶髪の若い男は表通りに向かっていた。表通りで、タクシーを拾うつもりなのか。

マスタングが走りはじめた。ほどなく茶髪の美青年が表通りにぶつかり、左に曲がった。蛭田の車も左折した。

さきほどの若い男が依頼人のツバメだとしたら、もう六〇六号室を訪ねてくる者はいないだろう。鬼丸はそう思いながらも、しばらく張り込んでみる気になった。

自分の車の中に戻り、ロングピースに火を点けた。ふた口ほど喫ったとき、玄内翔から電話がかかってきた。だいぶ酔っているらしく、呂律が怪しかった。

「なんだかご機嫌じゃないか」

「逆っすよ。弔い酒を飲んでるうちに酔っ払っちゃったんです」

「誰が死んだんだ？」

「おれが目をかけてたラッパーです。そいつ、きのうの晩にバイク事故を起こして救急病院に担ぎ込まれたんですけど、数時間前に息を引き取ったんです。結局、意識は一度も戻らなかったらしいんですよ」

「いくつだったんだ？」

「二十一歳でした。死んだ奴は、信号を無視した暴走車にバイクごと撥ね飛ばされたんです。まったく落ち度がなかったのに、たったの二十一年しか生きられなかったんですよ」

「運が悪かったんだろうな」

　鬼丸は、そうとしか言えなかった。

「そいつ、ラッパーとして音楽業界ですごく期待されてたんですよ。来年の三月に大手レコード会社からＣＤデビューすることになってたんです。鬼丸さん、神も仏もいないんですね。もし神が存在するなら、こんな惨い運命を二十一歳の若者に与えるわけない。鬼丸さん、そうは思いませんか？」

「ああ、思うよ」

「おれ、あいつの才能を高く評価してたんです。いつかきっと注目される日が来ると確信してた。それなのに、こんなことになってしまって」

　玄内が嗚咽にむせびはじめた。

「翔は心優しいんだな。他人のために涙を流せる人間が少なくなってる時代に、それだけピュアになれるのは凄いことだよ」

「だって、そいつは……」

「無理に喋ることないって。翔、そいつのためにガキみたいに泣きじゃくってやれ。それが一番の供養になるだろう」

「凍死する前に、ちゃんと自分の塒に帰るんだぞ」

鬼丸は言って、スマートフォンのアイコンをタップした。長くなった煙草の灰が腿の上に落ちそうだった。鬼丸はそっと灰皿の中に灰を零し、火を揉み消した。

そのすぐ後、『参宮橋アビタシオン』の地下駐車場から真紅のアルファロメオが走り出てきた。ステアリングを捌いているのは、依頼人の万里江だった。

誰かと密会することになっているのか。

鬼丸は少し間を取ってから、万里江のイタリア車を尾行しはじめた。アルファロメオは新宿方面に進み、やがて高田馬場駅の近くにある二十四時間営業のブランド物専門のリサイクルショップに横づけされた。

鬼丸はアルファロメオの数十メートル後ろに車を停めた。すぐにヘッドライトを消す。

万里江が両手にシャネルの名の入った大きな紙袋を提げ、急ぎ足でリサイクルショップの中に入っていった。ブランド物のバッグや貴金属を売るつもりなのだろう。茶髪の若い愛人に無心されているのか。

鬼丸は車を降り、リサイクルショップの前まで歩いた。

十数分後、万里江が店から出てきた。二つの紙袋は手にしていない。

万里江が鬼丸に気づき、驚きの声を洩らした。

「失礼ながら、参宮橋のマンションから吉永さんの車を尾行させてもらったんです。あなたの交友関係を知りたかったんでね」

「そうでしたの」

「余計なお世話かもしれないが、あまり年下の愛人に入れ込まないほうがいいんじゃないのかな」

「年下の愛人って？」

「頬に刀傷のある二十六、七歳のイケメンのことです。そいつは、あなたの部屋の合鍵を持ってた」

「いやですわ。それは、わたしの弟の裕樹（ゆうき）です」

「弟さんだったのか。それなら、合鍵を持っててもおかしくないな」

鬼丸は微苦笑（びくしょう）した。

「わたしのマンションをずっと見張ってたんですか？」

「ええ、わたしのブレーンがね。弟さんはサラリーマンじゃないんでしょ？」

「はい。弟の裕樹は売れないロックミュージシャンなんです。インディーズ系のレーベルからシングルを三曲出してるんですけど、なかなかメジャーデビューできないようです。もう二十七歳になったんで、夢を諦めて地道に生きたほうがいいとアドバイスしてるんですけど、弟は頑固な性格ですので……」

「顔に傷がありますよね。どうされたんです？」

「弟は一時期、風俗嬢のヒモみたいなことをしてたらしいんですが、ちょくちょく別の娘(こ)の自宅にも泊まってたようなんです。それで同棲してた風俗嬢が怒って、カッターナイフで弟の顔を切りつけたんです。自業自得ですね」

「ま、そういうことになるのかな。ところで、ブランド品をまとめて換金されたようだが、会社の業績は思わしくないんですか？」

「収益率が少し落ちてきたんで、わたしの報酬を自発的に三十パーセントほどカットしたんです。それでピンチのときは、ブランド品を処分してるんです。でも、お約束した成功報酬は必ずお支払いしますから、どうぞご安心ください」

「分割(ぶんかつ)払いでも結構ですよ」

「いいえ、一括でお払いします。きまりの悪いところを見られてしまいましたが、内分(ないぶん)に願いますね」

「わかってます」

「それでは、ここで失礼させてもらいます」

美人起業家はばつ悪げに言い、あたふたとアルファロメオに乗り込んだ。

赤いイタリア車が見えなくなってから、鬼丸はレンジローバーの運転席に坐った。シートベルトを掛けようとしたとき、蛭田から連絡が入った。

「茶髪のイケメンの自宅を突きとめました。千駄ヶ谷三丁目にある『千駄ヶ谷スカイコーポ』の八〇五号室です。名前は吉永裕樹でした。依頼人の姓も、確か吉永でしたよね？」

「ああ。仁に尾けてもらったイケメンは、吉永万里江の実弟だったんだ」

鬼丸は経緯を話した。

「ベンチャー企業はどこも大儲けしてると思ってたけど、結構お台所は苦しいんだな。それはそうと、吉永裕樹はただの売れないロックミュージシャンではなさそうですよ」

「というのは？」

「集合郵便受けの八〇五号室のボックスを見たら、吉永というネームプレートのほかに『エンジェル事務局』というプレートが掲げてあったんです。吉永裕樹のファンクラブじゃないですよね？」

「ほとんど無名のロックミュージシャンにファンクラブはできないだろう」

「そうでしょうね。おれ、明日、マンションの入居者に当たってみましょうか？」

「それは、おれが自分でやろう。仁は、もう帰っていいよ」

「わかりました。それじゃ、お寝みなさい」

蛭田の声が沈黙した。鬼丸はスマートフォンを懐に入れると、シフトレバーをDレンジに入れた。

3

乳房の揺れが大きくなった。

フラットシーツに背を密着させた鬼丸は、下からマーガレットの美しい顔を見上げた。

マーガレットは眉根を切なげに寄せ、盛んに腰を弾ませていた。

女性騎乗位だった。マーガレットの自宅マンションの寝室である。

正午近い時刻だった。出窓のカーテンの隙間から、冬の柔らかな陽光が射し込んでいる。

鬼丸は午前二時半ごろ、恋人の自宅を訪れた。二人は軽くワインを飲み、セミダブルベッドの上で睦み合った。長い交わりが終わると、二人は裸のまま眠った。そして数十分前に目覚め、どちらからともなく求め合ったのである。

マーガレットが喘ぎながら、一段と烈しく動きはじめた。鬼丸は縦揺れと横揺れを交互に感じた。昂まりは捩られ、薙ぎ倒された。

鬼丸は下から突き上げはじめた。すぐにマーガレットがリズムを合わせた。接合部の湿った音が鬼丸の欲情を煽った。

強く突くたびに、マーガレットはなまめかしく呻いた。息も詰まらせた。

　鬼丸は頃合を計って、上体を起こした。マーガレットを組み敷き、唇を重ねる。マーガレットは舌を深く絡(から)めてきた。鬼丸はマーガレットの舌を吸いつけながら、彼女の肉感的な腿(もも)を自分の肩に担(かつ)ぎ上げた。ひとしきりダイナミックな抽送を娯(たの)しむ。

「ああ、竜一……」

　マーガレットが顔をずらし、甘やかに囁(ささや)いた。

　鬼丸はマーガレットの白い太腿を穏やかに肩から外し、体位(ラーゲ)を正常位に変えた。律動(りつどう)を速(はや)める。数分後、マーガレットは絶頂に達した。反応は鋭かった。

「溶けちゃう(メルティング)！」

　マーガレットは母国語で悦(よろこ)びを表し、胎児のように裸身を丸めた。

　鬼丸は全力疾走した。快感の漣(さざなみ)が腰の周辺に集まった。鬼丸は突きまくった。不意に背筋が立った。

　ほとんど同時に、痺(しび)れを伴った快感が脳天を貫(つらぬ)いた。鬼丸は放った。

　マーガレットが一拍遅れて、極みに到達した。裸身を震わせながら、女豹(めひょう)のように唸(うな)った。

　二人は抱き合ったまま、静かに余韻(よいん)を汲(く)み取った。

　十分ほど流れたころ、マーガレットがベッドから降りた。バスローブを床から拾い上げ、浴室に向かった。

鬼丸は腹這いになって、ロングピースをくわえた。情事の後の一服は、いつも格別な味がする。

ゆったりと紫煙をくゆらせていると、なんの脈絡もなく脳裏に御木本の顔が浮かんだ。御木本は、あと何年生きられるのか。一、二年のうちに他界するとしたら、なんと人の命は儚いのか。

生きているうちが華だ。死んでしまったら、何もできない。だから、いま現在を熱く切に生きるべきなのではないか。しみじみとそう思った。

鬼丸は煙草の火を消すと、横臥して目を閉じた。

マーガレットが寝室に戻ってきたのは十数分後だった。彼女は身繕いをすると、ダイニングキッチンに足を向けた。

鬼丸は少し経ってから、浴室に入った。バスタブには湯が張ってあった。マーガレットは日本人女性のような気遣いを示す。

鬼丸はバスタブに浸かり、頭髪と体を入念に洗った。汚れた湯を落とし、バスタオルで体を拭いた。脱衣室には、洗ったトランクスが用意されていた。鬼丸は、恋人の部屋に下着や靴下を少し置いてあった。

トランクスを穿き、洗面所を兼ねた脱衣室を出る。マーガレットはシンクの前に立ち、サンドイッチをこしらえていた。コーヒーの香りもした。

「コーヒーだけでよかったのに」

「簡単なブランチを作っただけよ。体力が消耗（しょうもう）したはずだから、しっかり食べてね」

「そうしよう」

鬼丸は居間を横切り、寝室に入った。長袖（ながそで）の黒いＴシャツを着て、その上に同色のタートルネック・セーターを重ねる。素材はカシミヤだ。

オフホワイトのチノクロスパンツを穿（は）き、左手首にＩＷＣを嵌（は）める。スイス製の高級腕時計だが、色合もデザインも派手ではない。

鬼丸は寝室を出て、ダイニングテーブルについた。卓上にはサンドイッチだけではなく、フライドポテトやクラムチャウダーも載（の）っていた。

鬼丸はマーガレットと差し向かいでブランチを摂（と）りはじめた。ビーフサンドは抜群にうまかった。缶詰のクラムチャウダーの味はいまひとつだった。

「何か予定がなかったら、ちょっとショッピングにつき合ってくれない？」

「いいよ。何を買いたいんだい？」

「ロングブーツを新調したいの。広尾（ひろお）の靴屋さんに気に入った商品があるのよ。イタリア製で八万円もするから迷ってたんだけど、思い切って買うことにしたの」

「そのブーツ、おれがプレゼントするよ」

「悪いわ」

「たまにはいいさ」

「なんだかおねだりしたみたいで……」

「好きな女に甘えられるのも悪くない。しょっちゅう何かをねだられたら、逃げ出したくなるだろうがね」

「うふふ。それじゃ、今回は甘えちゃおうかな」

マーガレットが歌うように言った。愛くるしかった。鬼丸はほほえんだ。

二人は食事が済むと、すぐに外出の仕度をした。鬼丸はタートルネック・セーターの上にシープスキンのハーフコートを羽織っただけだ。

部屋を出たのは午後二時過ぎだった。

鬼丸はレンジローバーの助手席にマーガレットを乗せ、広尾に向かった。お目当ての高級婦人靴店は、外苑西通りに面していた。

鬼丸は、その店で恋人にロングブーツを買い与えた。枯れ葉色のブーツだった。マーガレットは子供のように嬉しがった。

靴屋を出ると、二人はナショナル麻布スーパーマーケットに回った。外国人向けの店で、輸入食材やワインの種類が豊富だった。

マーガレットは肉や乳製品を買うと、ワインを何本か求めた。買った物を車に積み込み、二人は近くにある有栖川宮記念公園をのんびりと散策した。その後、ドイツ大使館の並びにあるカフェでエスプレッソを啜った。

「西麻布郵便局のそばに『芳ちょう』という陶磁器専門店があるんだけど、ちょっと覗いてみない？　有田焼が多いんだけど、見てるだけで楽しくなるの」

「つき合ってやりたいが、そろそろ別れなきゃならないんだ。レパートリーのことで、御木本先輩と打ち合わせをすることになってるんだよ」

鬼丸は、もっともらしい嘘をついた。吉永裕樹の自宅マンションに出向き、いろいろ探らなければならない。それで、時間が気になりはじめたのである。

「そうだったの。もっと早く言ってくれれば、ショッピングに連れ出したりしなかったのに」

「昼間のデートも悪くないと思ったんだ」

「そうなの。わたし、タクシーで部屋に戻るわ」

「ちゃんと車で自宅まで送るよ」

「いいの？」

マーガレットが鬼丸の顔をうかがった。鬼丸は大きくうなずき、卓上の伝票を手に取った。

二人は店を出ると、そのままレンジローバーに乗り込んだ。

鬼丸は恋人を自宅マンションまで送り届けた後、千駄ヶ谷に向かった。『千駄ヶ谷スカイコーポ』に着いたのは午後五時数分前だった。

鬼丸は車を路上に駐め、『千駄ヶ谷スカイコーポ』に足を踏み入れた。

集合郵便受けに歩み寄り、八〇五号室のメールボックスを開けた。『エンジェル事務局』宛の封書が一通入っていた。

あたりに人の姿がないことを確かめてから、勝手に封書を取り出す。クリーム色の角封筒だった。差出人の名はなく、会員番号だけが記されている。

鬼丸はエントランスホールの隅に移動し、封を切った。便箋を取り出し、文面を目で追いはじめた。


先夜は大変お世話になりました。

ご紹介していただいた男性とロマンチックな時間を過ごさせていただきました。Wさんは早明大学の大学院生らしく、とても知的な青年でした。政治からスポーツまで実に話題が豊かでした。

その上、彼はとても神経が濃やかでした。九つも年上のわたしを若く見えると何度もおっしゃってくださり、まるで恋人に接するように優しくエスコートしてくれました。

夫がわたしの体に触れなくなって、丸三年になります。それででしょう、Wさんと腕を組んだだけで甘いムードに浸れました。彼をフレンチ・レストランにお誘いしたのですが、食前酒のシェリーをいただいただけで、体の芯に甘い疼きを覚えてしまいました。

ホテルでの情事は期待以上でした。Wさんはわたしの全身にキスの雨を降らせ、たっぷりとクンニをしてくれました。わたしはめくるめくような陶酔感の中で、何度もエクスタシーを味わうことができました。Wさんのフィンガーテクニックも素敵でした。そして結合時の彼は逞しく、最高に情熱的でした。引き締まったWさんのお尻を両手で引き寄せるたびに、愛液があふれました。

わたしは深く感じ、思わず彼の背中に爪を立ててしまいました。一度のセックスで四回も極みに駆け昇ったのは、生まれて初めてのことでした。これまでの夫婦生活などは、お医者さんごっこ並の淡泊さで比較にもなりません。性の奥行きの深さを改めて知らされました。

正直に申し上げますと、逆援助交際クラブ『エンジェル』の会員になることには最初、だいぶ抵抗がありました。キャリアウーマンや人妻たちが若い男性にお金を払って、一夜限りのセックスに耽ることが不潔に思えたからです。

ですけど、いまは考えがすっかり変わりました。Wさんとの濃密な行為は、至福そのものでした。わたしは生まれ変わったのです。今後は積極的に若くてセクシーな男性たちと会い、天使(エンジェル)として援助していくつもりです。

たったの十万円で女としての自信を取り戻すことができた上、性愛の素晴らしさを知ることもできました。本当にありがとうございました。

会員番号八二一より

鬼丸は読み終えた便箋を折り畳み、角封筒に収めた。角封筒をチノクロスパンツのヒップポケットに突っ込み、エレベーター乗り場に足を向けた。

マンションの入居者たちから吉永裕樹のことを訊くつもりでいたが、もうその必要はないだろう。逆援助交際クラブ『エンジェル』の主宰者は吉永に相違ない。

出会い系アプリでも、たやすくワンナイトラブの相手は見つけられる。しかし、女性が危険な目に遭(あ)うケースが少なくない。現に出会い系サイトで知り合った男性に殺された女性が何人もいる。

それでもリッチな女性たちは後腐(あとくさ)れのないセックスパートナーを求めているのではないか。しかし、世間体があって、ホストクラブやボーイズバーには通えない。

吉永はそんな女たちのために逆援助交際クラブを作り、ベッドパートナーを紹介して、手数料を稼(かせ)いでいるのだろう。

仮に紹介手数料がひとりに付き三万円で、女性会員が百人いたら、三百万円になる。礼状の差出人の会員番号は八二一になっていたが、一からの通しナンバーとは思えない。おそらく会員数は、せいぜい五十人前後なのだろう。

そうだとしたら、たいした旨味はない。万里江の弟は第三者を使って、女性会員たちから口止め料を脅し取っているのではないか。風俗嬢のヒモをやっていた男なら、考えられない話ではないだろう。

巨額を脅し取られた会員が腹を立て、吉永の姉の万里江を犯罪のプロに拉致させ、逆襲する気になったのではないか。吉永本人を狙ったのでは、すぐに犯人の見当をつけられてしまう。そこで、吉永の姉を獲物に選んだのかもしれない。

鬼丸はそこまで推測し、万里江がブランド品を換金していた事実に引っかかりを覚えた。『エコープランニング』の経営は、想像以上に厳しいのかもしれない。万里江の言葉を鵜呑みにしてもいいのか。

赤字経営で青息吐息だとすれば、万里江が実弟とつるんで逆援助交際クラブの闇営業に乗り出した可能性もある。紹介手数料の額は高が知れている。後者だったとしても、狙いは会員たちを強請ることだったのではないか。

あれこれ推測を重ねているよりも、吉永裕樹を締め上げたほうが能率的だ。

鬼丸はエレベーターで、八階に上がった。

八〇五号室のインターフォンを鳴らしたが、なんの応答もなかった。鬼丸は手製の万能鍵を使って、吉永の部屋に忍び込んだ。

電灯のスイッチを入れ、奥に進む。間取りは1LDKだった。リビングの端にデスクトップ型のパソコンが置かれている。

奥丸はパソコンデスクに向かい、USBメモリーのケースを開けた。すぐに『エンジェル会員名簿』というラベルのあるメモリーが見つかった。

パソコンを起動させ、スクロールしてみる。三十七名の女性会員のプロフィールが顔写真付きで登録されていた。

会員番号八二一は、岩下(いわした)めぐみという氏名だった。三十三歳だ。住まいは品川(しながわ)区旗(はた)の台(だい)になっていた。顔写真は二十代の後半に撮(と)ったものだろう。とても三十代には見えなかった。

USBメモリーケースの中には、女性会員たちのセックスパートナーを務めているエスコートメンバーの登録ファイルもあった。

鬼丸はUSBメモリーを差し替え、エスコートメンバーの資料もスクロールしてみた。メンバーの数は百人を超えていた。二十代の男が圧倒的に多く、五、六人の美少年も登録されていた。

鬼丸は二個のUSBメモリーを懐に突っ込むと、居間とベッドルームを検(しら)べた。だが、万里江の拉致未遂事件に結びつくような物は何も見つからなかった。

鬼丸は電灯を消し、吉永の部屋を出た。ドア・ノブに付着した指紋や掌紋(しょうもん)はハンカチできれいに拭った。

吉永が誰かに女性会員から口止め料を脅し取らせていたとしたら、被害者が警察に泣きつくかもしれない。警視庁の堤刑事に女性会員名簿を渡して、そのあたりのことを調べてもらうことにした。

鬼丸はマンションを出ると、堤に電話をかけた。

「ちょっとした内職を頼みたいんですよ」

「そいつは、ありがてえな。で、仕事の内容は?」

「電話じゃ用が済まないな。新橋の例の炉端焼(ろばたやき)の店で、七時半ごろに落ち合えませんかね?」

「こっちはオーケーだよ。で、鬼丸ちゃん、肝心(かんじん)の……」

堤が口ごもった。まだ職場にいるらしい。

「謝礼のことですね?」

「そう」

「十万払います」

「助かるね。それじゃ、後でな」

「よろしく!」

鬼丸は電話を切って、自分の車に乗り込んだ。

4

坂道に沿って邸宅が並んでいる。

品川区旗の台だ。岩下めぐみの自宅は坂の途中にあった。

鬼丸は、岩下邸の生垣の横にレンジローバーを停めた。

二日酔いで、少し頭が重い。昨夜、堤にＵＳＢメモリーを手渡したときは、ビールと焼酎のお湯割りを三杯飲んだだけだった。鬼丸は堤と別れた後、いつものように『シャングリラ』で仕事をこなした。

ピアノ演奏が終わったとき、クラブのＤＪをやっている玄内翔が店に現われた。玄内は交通事故死した二十一歳のラッパーのことで、まだショックから立ち直れない様子だった。別人のように暗い顔をしていた。

鬼丸は玄内を馴染みのショットバーに誘った。玄内はバーボン・ウイスキーを何杯かロックで呷ると、ようやく少し明るさを取り戻した。

そんなとき、ナンバーワン・ホステスの奈穂がふらりと店に入ってきた。彼女は目敏く鬼丸を見つけると、隣のスツールに腰かけた。成り行きから、鬼丸は玄内に奈穂を紹介した。

どちらも二十代とあって、二人はすぐに打ち解けた。奈穂の行きつけのスナックに河岸を変え、鬼丸たちは痛飲した。スナックを出たときは、すでに夜が明けていた。

鬼丸は車を降り、岩下邸の門に近づいた。

午後二時過ぎだった。鉄製の門扉越しに邸内を覗くと、庭先で三十二、三歳の女が花の手入れをしていた。

岩下めぐみだった。会員名簿に添えてあった写真よりも幾分、老けて見えた。『エンジエル』には、だいぶ前に撮影した写真を渡したのだろう。

奥まった家屋から三味線の音が響いてくる。姑が撥を鳴らしているのか。

夫の母親に逆援助交際のことを知られたら、めぐみは離縁されるにちがいない。それでは気の毒だ。鬼丸はそう考え、インターフォンは鳴らさなかった。代わりに、門扉を揺さぶった。

めぐみが振り向いた。

鬼丸は会釈し、手招きした。めぐみが不安そうな面持ちで門扉に近寄ってくる。

「岩下めぐみさんですね？」

鬼丸は問いかけ、懐から模造警察手帳を取り出した。彼は十数種の偽造身分証明書を持ち歩き、うまく使い分けていた。

めぐみが明らかに緊張した。

「ちょっとした事情聴取ですから、そんなに緊張しないでください」

「は、はい。わたし、法律を破るようなことはしていません」

「この手紙は、あなたが書いたんですね？」

鬼丸は捏造警察手帳をレザーブルゾンの内ポケットに戻し、今度は角封筒を抓み出した。めぐみが口に手を当て、たちまち落ち着きを失った。

「Wという大学院生と愉しい夜を過ごしたことで、あなたを咎めに来たわけじゃないんですよ。『エンジェル』のことで、いろいろ教えていただきたいだけです」

「そういうことだったんですか。ここで立ち話をしていると人目につきますので、近くの中原街道に面したファミリーレストランでお待ちいただけますか？」

めぐみが店の名と場所を早口で告げた。

「その店にあなたが現われなかったら、逆援助交際したことをご主人に話すことになりますよ」

「必ず行きます」

「それじゃ、待っています」

鬼丸は門から離れ、レンジローバーに乗り込んだ。

すぐに発進させた。指定されたファミリーレストランは、数百メートル離れた場所にあった。鬼丸は広い駐車場に車を入れ、店内に足を踏み入れた。隅の席につき、コーヒーを注文した。客は少なかった。

七、八分待つと、岩下めぐみが姿を見せた。彼女は鬼丸の前に坐ると、紅茶をオーダーした。

「早速ですが、『エンジェル』の主宰者は吉永裕樹ですね？」

「だと思います。わたしは入会して間がないので、クラブのことはよく知らないんですよ」

「どういうきっかけで入会したんです？」

「女子大時代のお友達に誘われて、『エンジェル』の会員になりました。その彼女は一年以上も前に入会して、毎月、エスコートメンバーの男性とデートを……」

「友達の名前は？」

「それは勘弁してください。彼女に迷惑かけたくありませんので」

「こちらは、もう女性会員の名簿を手に入れてるんです。紹介者が会員なら、いずれ名前は割り出せます。手間をかけさせないでほしいな」

鬼丸は水っぽいコーヒーをひと口飲み、煙草に火を点けた。

「星野香織さんです。住まいは文京区小日向二丁目三十×番地です。ご主人の守広さんは三十八歳で、東都銀行神田支店に勤めています」

「そう。確か会員名簿に星野香織という名が載ってたな」

「香織のご主人は出世欲が強くて、とても仕事熱心らしいんです。それで夫婦は何年も前からセックスレスになってしまったとかで、香織は逆援助交際にうつつを抜かすようになったんです。不倫してる男性もいるみたいですけどね。わたしも夫婦生活が絶えてたんで、『エンジェル』の会員になったわけです」

　めぐみが哀しげに言い、上体をこころもち反らした。ウェイトレスが紅茶を運んできたからだ。

　鬼丸はウェイトレスが下がってから、小声で話しかけた。

「女性会員の遊び代は十万円なんですね？」

「ええ、そうです。デート費用は、女性会員が負担するシステムになってるんです」

「事務局というか、吉永の取り分は？」

「十万円のうち、三万円は紹介手数料だと聞いています。残りの七万円はそっくりパートナーに手渡されてるようです」

「そう。われわれは吉永は単なるダミーで、真の主宰者は別人だと考えてるんですよ。あなたはどう思われます？」

「さあ、そのあたりのことはよくわかりません。パソコンでエスコートメンバーの情報を流してくれてたのは吉永さんでしたし、料金を受け取ったのも彼でした」

「そうですか。妙なことを訊きますが、あなたが逆援助交際のことを恐喝(きょうかつ)材料にされたなんて体験は？」

「いいえ、ありません。女性会員の誰かが脅迫されてるんですか？」

めぐみが表情を曇らせた。

「別にそういう事犯があったわけじゃないんですよ。参考までにうかがったわけです」

「そうなんですか。刑事さん、わたしが事務局に出した手紙を返していただきたいんです」

「もう少し捜査資料として預からせてください。さっきの礼状をご主人に見せたりしませんので、その点は安心してください」

鬼丸は言いながら、煙草の火を揉み消した。

「『エンジェル』に手入れが入ったってことは、そのうち女性会員たちにも警察から正式な呼び出しがあるのでしょうか？」

「メンバーの女性たちはお金でセックスパートナーを買ったわけですから、一応、売春防止法に引っかかります。しかし、立件が難しいんですよ。女性会員たちは相手の男と飲み喰(く)いしてからベッドインしてるから、ただのデートだと強く主張されたら、反証しにくいんです。だから、今回は女性会員の摘発は見送ることになったんだ」

「ほんと？」

「ええ」

「ああ、よかった。夫に逆援助交際のことがバレたら、わたし、婚家から叩き出されることになるでしょうから」

「人妻が危険な遊びにのめり込んだら、身の破滅ですよ」

「そうですね。もう逆援助交際はやめます」

めぐみが神妙に言い、ティーカップを持ち上げた。

鬼丸は二人分の勘定を払って、先にファミリーレストランを出た。車に乗り込んだとき、堤から電話がかかってきた。

「鬼丸ちゃん、ちょいと面白い展開になってきたぞ。『エンジェル』の女性会員の身内のことを調べてみたら、星野香織というメンバーの夫が現在、神田署に留置中だったんだ。そいつの名は星野守広で、東都銀行神田支店の行員なんだよ」

「その男の容疑は？」

「業務上横領だよ。星野は半月前に他人の銀行口座から三億円を無断で引き出してたんだ。で、四、五日前に業務上横領の容疑で逮捕られたんだよ」

「星野は不正預金引き出しを認めてるんですか？」

鬼丸は訊いた。

「いや、完全黙秘してるそうだ。鬼丸ちゃん、おれは星野が女房の逆援助交際のことで誰かに脅されて、てめえの銀行の客の預金を勝手に引き出したんじゃねえかと筋を読んだんだが、どう思う?」

「実は、少し前に星野香織の友人だという女性会員に会ったんですよ。その彼女の話によると、星野って銀行員は出世欲が強くて仕事熱心らしい。そういうタイプの男は世間体を気にして、身内のスキャンダルを恐れる傾向があるでしょう?」

「銀行員は一般的に臆病だろうな。きっと星野は女房の男買いのことで誰かに強請られたにちがいない。で、追いつめられて、銀行の大口預金を無断で引き出しちまったんだろう」

「旦那の筋読み通りだったとしたら、脅迫者は吉永裕樹かもしれませんね。もちろん吉永自身が脅しをかけたんじゃなく、第三者に揺さぶりをかけさせたんだと思いますが」

「おれも、そう睨んでるんだ。鬼丸ちゃん、星野香織に探りを入れてみなよ。星野の家は文京区だったかな?」

「住所はわかってます。さっき香織の友達に教えてもらったんでね」

「それじゃ、とにかく星野の自宅に行ってみろや」

堤がそう言って、通話を切り上げた。鬼丸は車を走らせはじめた。中原街道を五反田方面に進み、桜田通りから文京区をめざした。

星野の自宅を探し当てたのは三時半過ぎだった。裏通りに面した一戸建てだ。敷地は五十坪前後だろうか。

星野の自宅の近くには、新聞社とテレビ局の車が見える。マスコミは星野が犯行を認めるのは時間の問題と判断し、自宅付近で待機しているのだろう。

鬼丸はレンジローバーを路上に駐(と)め、星野宅まで歩いた。

インターフォンを押してみたが、なんの応答もなかった。二階建ての小住宅はひっそりと静まり返っている。

星野香織はマスコミの取材を避けるため、夫が捕まった日から身を潜(ひそ)めているのだろう。しばらく都内のホテルか、リースマンションに隠れる気なのではないか。

鬼丸は門から離れた。すると、三十代半(なか)ばの男が走り寄ってきた。

「日東(にっとう)テレビ報道部の者ですが、星野さんのお知り合いの方ですね？」

「いや、そうじゃない」

「ということは、何かのセールスですか？」

「墓地のセールスだよ」

鬼丸は言って、自分の車に足を向けた。

レンジローバーを千駄ヶ谷に走らせはじめて間もなく、スマートフォンに着信があった。発信者は奈穂だった。

「先生、まだ寝てました？」

「とっくに起きてるよ。深酒したんで、ちょっと頭が重いがね」

「わたしも飲み過ぎた感じです。でも、とっても愉しかったわ。玄内さんも、かなり飲んでたんじゃない？」

「そうだな。玄内は、そっちのことを気に入ってたみたいだったな」

「そうですか」

「あいつのこと、どう思った？」

「印象はよかったわ」

「なら、少し玄内とつき合ってみるかい？」

「冗談でしょ？　先生が本気でそう言ったんだとしたら、わたし、傷ついちゃうな」

「おれは屈折した思い遣りを示したつもりなんだが……」

鬼丸は語尾を呑んだ。

「それ、どういう意味なんです？」

「おれみたいな中年男に目を向けてると、ハッピーになれないぞ。自分の年齢に適った男と恋愛しなよ」

「三十五歳以下の男なんて物足りません。だって、まだガキですもの。大人の風格が備わってなきゃ、ちっとも惹かれないわ」

「いっぱしのことを言うじゃないか。そんなにたくさん恋愛体験を重ねてきたのか？」

「それなりに恋愛はしてきました。つき合った相手は誰も悪い男性じゃなかった。だけど、わたし自身がなぜか燃え上がれなかったんですよ」

「男たちにちやほやされてる女は、ついわがままが出るもんだ。しかし、花の命は案外、短い。贅沢ばかり言ってると、そのうち誰にも言い寄られなくなるぞ」

「それでもいいんです。わたしには恋焦がれてる男性がいるんですから。それだけで充分にハッピーなの。もちろん、相手は鬼丸先生ですよ」

「まだアルコールが抜け切ってないようだな」

「抜けてます！　いつか玄内さん抜きで先生と二人だけで飲み歩きたいな。彼女のいる先生にこんなことを言うのは、ちょっとルール違反でしょうけどね」

「どう答えればいいのかな」

「あっ、悩まないで。わたし、先生を困らせるつもりで言ったんじゃないんですから。とにかく、先生と一緒に飲めて嬉しかったわ。そのことを伝えたかったんですよ」

　奈穂が電話を切った。

　鬼丸はアイコンをタップし、思わず溜息をついた。奈穂とは軽い気持ちで飲み歩いたのだが、彼女の恋心を煽ってしまったようだ。ショットバーで雑談を交わし、さりげなく別れるべきだったのかもしれない。

　鬼丸は雑念を振り払って、運転に専念した。

三十数分で、目的の『千駄ヶ谷スカイコーポ』に着いた。香織の居所を突きとめるには時間がかかる。ならば、いっそ吉永裕樹を締め上げようと考えたのだ。

鬼丸は車を路上に駐め、吉永の自宅マンションに入った。

エレベーターで八階に上がり、八〇五号室に急ぐ。ドア・ノブに手を掛けると、なんの抵抗もなく回った。

吉永は在宅しているようだ。鬼丸はドアをそっと引き、室内に忍び入った。耳を澄ます。人のいる気配は伝わってこない。部屋の主は施錠しないまま、近所のコンビニエンスストアにでも出かけたのか。

鬼丸は室内で待ち伏せることにした。

奥に進んだ。居間に入ったとたん、床に投げ出されたパソコンが目に飛び込んできた。USBメモリーのケースは踏み潰され、ほとんど原形を留めていない。

リビングソファも引っくり返り、コーヒーテーブルは横倒しになっていた。フローリングの床には、煙草の吸殻と灰が散乱している。観葉植物の鉢も転がり、腐葉土があたり一面に零れていた。

人が争った痕跡だ。部屋の主は誰かに組み倒され、どこかに連れ去られたのか。その可能性はありそうだ。

鬼丸は、まず星野香織を疑った。香織が誰かに逆援助交際のことで脅迫され、その夫が他人の高額預金を無断で引き出して業務上横領容疑で逮捕されたのだとすれば、怪しいことは怪しい。

　香織は自分のスキャンダルで夫を罪人にしてしまったことで心を痛め、密かに脅迫者を突きとめた。そして脅迫者の背後に吉永がいたことを知り、何らかの仕返しをする気になったのだろうか。それで、彼女は誰かにひとまず吉永を拉致させたのかもしれない。

　そう考えれば、一応、辻褄は合う。しかし、まだ結論は出せない。売れないロックミュージシャンは、同棲していた風俗嬢にカッターナイフで頬を切られている。

　これまでに吉永はだいぶあくどいことをしてきたと思われる。そうだとしたら、大勢の人間に恨まれているだろう。

　鬼丸は部屋をそのままの状態にして、八〇五号室を出た。マンションの外に出てから、万里江に電話で異変を報告した。

「そんなに部屋が荒されているんでしたら、きっと裕樹は何か事件に巻き込まれたんだと思います。わたし、すぐ警察に届けます」

「それは、おやめになったほうがいいだろうな」

「なぜです？」

　万里江が挑むように言った。

「弟さんの裏ビジネスのこと、薄々はご存じだったんでしょ？」

「裏ビジネスって？」

「あなたの弟さんは『エンジェル』という逆援助交際クラブを主宰して、女性会員たちにセックスパートナーを紹介し、ひとりに付き三万円の口利き料を取ってたんですよ」

「ま、まさか⁉」

「ご存じなかったようだな」

「裕樹がそんなことをしてたなんて、とても信じられません。何か証拠でもあるんですか？」

「ええ。女性会員の証言を得ています」

鬼丸は吉永の部屋に侵入し、二個のＵＳＢメモリーを盗み出したことは口にしなかった。

「弟がそこまで堕落してたとは知りませんでした。姉として、とても恥ずかしく思います」

「そんなふうに自分を責めることはない。弟さんは、もうれっきとした大人なんです。彼自身に問題があったんですよ」

「その通りなんでしょうけど……」

「弟さんが誰かに拉致されたんだとしたら、あなたが受けた不愉快なこととリンクしてるかもしれないと考えてたんですが、何か思い当たりませんか？」

「いいえ、何も思い当たりません」

「そうですか」

「出来の悪い弟ですが、わたし、裕樹の安否が心配なんです。といって、後ろ暗い裏ビジネスをしてるのでは、警察の手を借りるわけにはいきません」

万里江が言った。

「ま、そうでしょうね」

「鬼丸さん、弟を捜してもらえないでしょうか？　わたしの依頼とは別に百万円の成功報酬を差し上げます」

「あなたの分を併せると、四百万か。いいでしょう、引き受けますよ。ただ、少し時間がかかるかもしれないな」

「ええ、それでも結構です」

「わかりました。それでは時々、中間報告をします」

鬼丸は電話を切って、レンジローバーのドア・ロックを外した。

第三章　業務上横領の背景

1

ポップコーンが散った。

土鳩が一斉に集まってきた。日比谷公園だ。

鬼丸はベンチに腰かけ、堤刑事を待っていた。約束の時間は午後四時だった。まだ五、六分前だ。吉永が失踪したのは昨夕である。

鳩が喉を鳴らしながら、ポップコーンをついばみはじめた。

一羽だけ喰い意地の張った土鳩がいた。その鳩は仲間を威嚇しながら、ポップコーンを独り占めしようとしている。

「おい、あんまり欲張るなって」

鬼丸は声に出して言った。

　だが、貪欲な土鳩は意に介さない。鬼丸はベンチから立ち上がり、意地汚い鳩を蹴る真似をした。ようやく土鳩は羽音を響かせ、後方に退がった。

　ポップコーンにありつけなかった気弱な鳩たちが相前後して餌に群がった。鬼丸は袋の中に手を突っ込み、またポップコーンをばら撒いた。

　陽は大きく傾いている。少し離れた噴水の周りのベンチには若いカップルたちの姿が見えるが、鬼丸の近くに人影はなかった。

　ポップコーンがなくなると、現金なもので土鳩は別の場所に移っていった。

　鬼丸は空になった袋を丸めて、屑入れに投げ込んだ。そのすぐ後、堤が遊歩道の向こうから近づいてきた。

　くわえ煙草で歩いている。喫っているのはハイライトだろう。知り合ったころから、堤はずっと同じ銘柄の煙草を吹かしている。

　小太りながら、足取りは軽やかだ。げじげじ眉を残照が浮き立たせている。

「堤さん、急に呼び出して悪かったですね」

「気にすんなって。どうせたいした職務を与えられてるわけじゃねえんだからさ」

　堤が煙草の火を踏み消しながら、大声で言った。

　鬼丸はベンチの端に腰をずらした。堤が鬼丸のかたわらに坐り、黒っぽいコートのポケットに両手を突っ込んだ。

「外は寒いけど、やっぱり解放感があるな。職場でつまらねえ書類なんかに目を通してると、自分が檻の中に閉じ込められてるような気がするよ」

「話の腰を折るようですが、星野守広が預金の不正引き出しについては認めたって電話で言ってましたよね？」

「ああ。所轄署に落としのうまい老刑事がいるんだよ。被疑者と世間話をしながら、核心に触れるようなことをさらりと訊くんだ。相手は警戒心を緩めてるから、ついボロを出しちまう。余談はこれくらいにして、本題に入るぜ。星野は資産家の委任状を偽造して、その人物の口座から三億円を引き出したんだ。そのことは、はっきりと自白ったらしいよ」

「現金で引き出したんですか？」

「いや、支店長振り出しの預金小切手で三億円を一度に……」

「そう。で、犯行動機については何も供述してないわけですね」

「ある事情があって、犯行に及んだと言っただけで具体的なことは何も吐かなかったそうだ」

「そうですか」

「おそらく星野は、妻の逆援助交際のことを隠し通したいんだろう。世間体を気にする奴らは、身内のスキャンダルが公になることを極端に嫌うからな。しかも妻のセックス絡みの醜聞なわけだから、星野自身が笑い者にされちまう」

「そうでしょうね。星野は、ぎりぎりまで犯行動機については黙秘する気なんだろうか」

「と思うよ。鬼丸ちゃん、吉永裕樹はまだ自分のマンションに戻ってないのか？」

「ええ。ここに来る前に吉永のマンションに寄ってきたんですが、きのうとまったく同じ状態でした」

　鬼丸は言って、脚を組んだ。

「吉永が拉致されたことは、もう間違いねえな。星野香織が誰かに吉永を引っさらわせた疑いがある。となりゃ、正攻法で香織を揺さぶってみるんだな」

「そうしたいんですが、香織がどこに潜伏してるのかわからないんじゃ、動くに動けない」

「香織の居所はわかったよ。井の頭線の神泉駅のそばにあるリースマンションに泊まってる」

　堤がコートのポケットから紙切れを取り出した。鬼丸はメモを受け取った。リースマンションの名と部屋番号が記してあった。

「どうやって調べたんです？」

「香織の実家に電話したのさ。自分の母親には潜伏先をこっそり教えるにちがいないと踏んだんだよ。そうしたら、案の定、おふくろさんは香織の居所を知ってたよ」

「さすがですね」

「感心するほどのことじゃねえと思うがな。それはそうと、香織は栗林という旧姓でリースマンションを借りたそうだ」

「これから、そのリースマンションに行ってみます」

鬼丸はダークグリーンのレザージャケットのポケットから十万円入りの封筒を取り出し、堤に手渡した。

「約束の謝礼かい？」

「そうです。少し色をつけようと思ったんですが、そういうことをやると、旦那は厭がるからな」

「金はいくらあっても邪魔にならねえけど、哀れまれるのは耐えがたい。おれは物乞いじゃないからな。理由もなく他人から施しを受けたくねえんだ。貧乏人にだって、それなりの自尊心があるからな」

「旦那のそういう突っ張りはカッコいいですよ」

「ただの痩せ我慢さ。鬼丸ちゃん、ありがとな。これで好きな酒を飲める。感謝してるぜ。それじゃ、おれは職場に戻らあ」

堤が立ち上がり、ゆっくりと遠ざかっていった。

鬼丸も腰を上げた。レンジローバーは、日比谷の地下駐車場に預けてあった。数分歩いて、自分の車に乗り込む。

鬼丸はただちに渋谷区神泉に向かった。虎ノ門から六本木通りを抜け、青山通りに出る。宮益坂を下って、そのまま道玄坂を登った。

目的のリースマンションは、ラブホテルと雑居ビルが混然と建ち並ぶ一角にあった。

九階建てだった。造りはマンション風だ。もともとは分譲マンションとして建設されたのかもしれない。

鬼丸はリースマンションの少し先に車を停めた。レザージャケットのポケットからメモを抓み出し、香織のいる部屋を確かめる。四〇一号室だ。

鬼丸は車を降り、リースマンションに入った。フロントも管理人室もない。

エレベーター乗り場の前には、筋者と思われる四十歳前後の男が立っていた。黒ずくめだった。中肉中背だ。

鬼丸は、男の背後に立った。

男が反射的に振り返った。

「びっくりさせんねえ。猫みてえな野郎だな」

「猫？」

「ああ。おたくの足音、まるで聞こえなかったぜ」

「そうでしたか。別に足音を殺したわけじゃなかったんですがね」

鬼丸は言った。男は何も答えずに前に向き直った。

待つほどもなくエレベーターの扉が開いた。

やくざっぽい男が先に函（ケージ）に入った。鬼丸は後につづいた。男が四階のボタンを押してから、鬼丸に問いかけてきた。

「おたくは何階で降りるんだい？」

「四階です」

「ふうん。このマンションに愛人（レコ）でもいるのか？」

「いや、友人の部屋を訪ねるんですよ」

会話が途切れた。エレベーターは、じきに四階に着いた。

柄（がら）の悪い男は先にホールに降りると、四〇一号室のドア・チャイムを鳴らした。香織の部屋だ。

鬼丸は男の背後を通り抜け、廊下の端まで歩いた。ターンすると、男の姿は掻（か）き消えていた。四〇一号室に入ったことは間違いない。

男は香織に雇われ、吉永裕樹を拉致したのか。それとも、ただの浮気相手なのだろうか。

鬼丸は四〇一号室の前に引き返し、ドアに耳を押し当てた。

男と女の話し声がかすかに聞こえた。しかし、会話の内容まではわからなかった。

室内の二人が親しい仲なら、ベッドで肌を重ねるかもしれない。少し時間が経（た）ってから、部屋に押し入ることにした。

鬼丸はいったん自分の車に戻り、十五分ほど時間を遣(や)り過ごした。それから彼は、ふたたび四階に上がった。

万能鍵で四〇一号室のドア・ロックを解除した。ドアを半分ほど開け、素早く部屋の中に入る。床はカーペット敷きで、ホテルと同じように靴を脱ぐ必要はなかった。

鬼丸は抜き足で奥に進んだ。

リビングルームの右手に寝室があった。ドアは開け放たれている。鬼丸は寝室を覗(のぞ)き込んだ。

ベッドの上に、全裸の女が仰向(あおむ)けになっていた。香織だった。

彼女の飾り毛には、シェービングクリームがまぶされていた。

香織の股(また)の間には、さきほどの男がうずくまっている。上半身は裸だった。背中には、天女(てんにょ)の刺青(いれずみ)が彫(ほ)られている。男は右手に西洋剃刀(かみそり)を握りしめていた。

「お願いだから、ヘアは剃(そ)らないで」

「きれいにシェイブしてやるよ。毛がなくなると、割れ目が丸見えになって、すっごく感じるんだ」

「わたしは困るわ」

香織が弱々しく呟(つぶや)いた。男が恥丘(ちきゅう)に剃刀を当てはじめた。

鬼丸は空咳をした。男が上体を起こした。

「てめえは、さっきエレベーターで一緒になった野郎だな。どうやって、この部屋に入りやがったんだっ」

「いいから、ベッドから降りろ」

「でけえ口をたたくじゃねえか。てめえは堅気なんだろうが！」

「ああ、堅気さ。しかし、ヤー公なんか怕くない」

鬼丸は言い返した。

男が目を尖らせ、ベッドから降りた。香織が夜具の中に潜り込む。鬼丸は椅子の上から、男の上着を摑み上げた。

「てめえ、やる気なのかっ。上等じゃねえか。てめえの面をはつってやる。剃刀の傷は、きれいにゃ治らねえぜ」

男が言いざま、西洋剃刀を一閃させた。

白っぽい光が揺曳した。刃先は鬼丸には届かなかった。剃刀はすぐに男の手許に引き戻された。鬼丸は前に踏み出す素振りを見せた。

誘いだった。男が西洋剃刀を中段に構え直した。

鬼丸は、手にしている上着を相手の顔面に投げつけた。すぐにステップインして、相手の顔面と腹にダブルパンチを浴びせる。

男が体を大きく折った。鬼丸は男の向こう臑を蹴った。男が呻いて、横倒しに転がる。鬼丸は相手の利き腕を踏みつけ、西洋剃刀を奪い取った。

男が這って逃げようとした。

鬼丸は男の背中を西洋剃刀で浅く切りつけた。傷口から鮮血があふれ、彫りものが赤く染まりはじめた。

「くそっ、なめたことをしやがって」

男が吼えた。鬼丸は片膝を床に落とし、血糊の付着した剃刀を男の頸動脈に当てた。

「どこの組員なんだ?」

「い、いまは……」

「死ぬ覚悟ができたらしいな」

「もう組員じゃねえんだ。夏まで睦友会羽柴組に足つけてたんだが、破門されちまったんだよ」

「名前は?」

「駒崎、駒崎哲ってんだ」

「ベッドにいる星野香織に頼まれて、きのう、吉永裕樹を拉致したんじゃないのかっ」

「な、何言ってやがるんだ⁉　吉永って、誰だよ?」

「香織とは、どういう関係なんだっ」

「おれの麻雀仲間の若いサラリーマンがその女に銭で買われたって話を聞いたんで、その弱みをちらつかせて、ナニしただけでえ。別に親しいってわけじゃねえよ。ううっ、痛え！」

駒崎が顔を歪めた。

鬼丸は香織に顔を向けた。

「こいつの言ってることは事実なのか？」

「逆援助交際の件で脅されて、体を穢されただけじゃないの。駒崎はわたしとのセックスシーンを動画撮影して、主人に三億円もの口止め料を要求したんです。夫はわたしのスキャンダルが表沙汰になることを避けようと、勤め先の大口預金者の三億円を不正に引き出して、業務上横領の容疑で逮捕されてしまったんですよ。その男が……」

香織が涙声で一気に喋った。駒崎が目を剝き、香織を詰った。

「おめえ、いい加減なことを言うんじゃねえ。おれは逆援助交際のことで脅しをかけて、おめえを姦っただけじゃねえか。銭なんか一円だって貰ってねえだろうが！」

「あんたこそ、しらじらしいことを言わないでよ。わたしの夫に三億円を出させなければ、何もかも失うと凄んだでしょうが！　おかげで、主人は犯罪者になってしまったのよ」

「なんの恨みがあって、おれにとんでもねえ罪をおっ被せようとしやがるんだっ。おめえが誰かとつるんで、旦那に勤め先の金を引き出させたんじゃねえのか！」

「わたしがそんなことをするわけないでしょ。往生際の悪い男ねっ」

「黙りやがれ。嘘つき女め！」

「あんたこそ、大嘘つきじゃないの」

二人は際限なく罵り合った。

どちらが嘘をついているのか。あるいは、両者が事実を語っていないのかもしれない。

「あなたは警察関係の人なんでしょ？　早く駒崎に手錠を掛けてください」

「おれは刑事じゃない。調査関係の仕事をしてるんだ」

「『エンジェル』の吉永さんのことを調べてるの？」

「うん、まあ」

「駒崎を部屋から追い出してください。お願いです」

「その前に、どっちの話が事実なのかはっきりさせないとな」

鬼丸は香織に言って、駒崎の片方の耳を横いっぱいに引っ張った。すぐに剃刀の刃先を側頭部と外耳の間に滑らせた。

「ほんとに口止め料はせしめてないんだな？」

「同じことを何度も言わせんなっ」

「そっちが正直者かどうか、体に訊いてみるか」

「何する気なんでえ⁉」

駒崎が全身を強張(こわば)らせた。

鬼丸は西洋剃刀を垂直に少し押し下げた。駒崎が動物じみた声を放った。外耳が三ミリほど裂け、血の条(すじ)が伝いはじめた。

「おれは嘘なんかついてないよ。もう勘弁してくれねえか」

駒崎の虚勢(きょせい)が崩れた。その声は震えを帯びていた。演技をしているようには見えなかった。

「服を着たら、さっさと部屋から出ていけ」

鬼丸は命じて、駒崎から離れた。駒崎がのろのろと立ち上がり、衣服をまといはじめた。

「その男の言葉を信じないで。あなた、駒崎の嘘に騙(だま)されてるのよ」

香織が鬼丸に言った。

「口出しするな」

「でも、駒崎は悪党だから……」

「黙っててくれ」

鬼丸は香織を鋭く睨(ね)めつけた。香織は気圧(けお)されたらしく、慌(あわ)てて目を逸(そ)らした。

「おたく、徒者(ただもの)じゃねえな。いろいろ暴れん坊を見てきたが、おたくみてえに度胸の据(す)わった男はひとりもいなかったよ」

駒崎が上着の袖に腕を通しながら、ぼそぼそと言った。

「堅気も捨て身になったら、手強いもんさ。そいつを忘れないほうがいいな」

「おれを使ってくれねえか。おれ、あんたの舎弟になってもいいよ。景気がよくねえから、どうせ潜り込めそうな組もねえだろうしさ」

「おれは、やくざ者じゃない。子分なんかいらないよ。おれの気が変わらないうちに、とっとと失せろ！」

鬼丸は語気を強めた。駒崎が痛む右耳と背中を手で押さえながら、無言で寝室から出ていった。

鬼丸はドアの開閉音を聞いてから、ベッドに歩み寄った。寝具を乱暴に剝ぐと、香織が裸身を竦めた。いつの間にか、秘部のシェービングクリームは拭われていた。恥毛の一部は剃り落とされていた。

「今度は、あんたが質問に答える番だ」

鬼丸はベッドに斜めに腰かけ、血を吸った西洋剃刀を香織の乳房の裾野に寝かせつけた。

「わ、わたしの肌も傷つける気なの⁉」

「女に手荒なことはしたくないが、それも場合によるな。おれが訊くことに素直に答えなかったときは、乳首を刎ねる」

「本気なの⁉」

　香織が声を裏返らせた。

「もちろん、威しなんかじゃない」

「なんでも正直に話すわ」

「三億円の口止め料を要求したのは誰なんだ？」

「それは、さっき言ったでしょ。駒崎よ。あの男はわたしが『エンジェル』の女性会員であることを麻雀仲間の相馬という男から聞いて、わたしの体を求めてきたの」

「そのとき、駒崎は淫らな動画をこっそり撮ってた。それで今度はその動画を恐喝材料にして、あんたの夫に法外な口止め料を要求したって話だったな？」

「ええ、そうよ。夫は追い詰められて、東都銀行のお金に手をつけてしまったの。主人は不正に引き出した三億円をそっくり駒崎に渡したはずよ、預金小切手でね」

「その通りだとしたら、いまごろ駒崎は高飛びしてると思うがな。少なくとも、あんたの隠れ家まで押しかけてきて、下のヘアを剃りたがるかね？」

「あの男は根っからのスケベなのよ。それに、わたしとは体が合うとか言ってたわ。だから、わたしのスマホにしつこく電話をして、ここにやってきたの」

「奴が三億円を手に入れてるとしたら、いい女と好きなだけ遊べるだろう。仮に換金してなかったとしても、わざわざ危険な相手を抱きにくるだろうか」

「セックスの相性(あいしょう)がよかったので、わたしの体が忘れられなかったんでしょうね。きっとそうよ」

「そうなんだろうか」

鬼丸は首を傾(かし)げた。

「さっき駒崎に吉永さんを拉致したんじゃないかと訊いてたけど、おそらくあの男の仕業(しわざ)だと思うわ。駒崎は『エンジェル』を仕切ってるのが堅気のロックミュージシャンと知って、強請(ゆす)れると喜んでたの」

「そうか」

「わたしの話、信じてくれるでしょ?」

香織が媚(こび)を孕(はら)んだ声で言い、熱い眼差(まなざ)しを向けてきた。

鬼丸は香織の顔を正視した。瞬(まばた)きもしないで、じっと見据えた。

少し経(た)つと、香織はたじろいだ。

そのまま彼女は視線を外した。まともに目を合わせていられなくなったのは、何か後ろめたい気持ちがあるからだろう。

鬼丸は、わざと香織を泳がせてみることにした。彼女をマークしつづければ、何か大きな手がかりが得られるかもしれない。

「わたしを抱いてもいいのよ」

香織が流し目をくれた。

「あいにく女には不自由してないんだ」

鬼丸はクールに言い放ち、勢いよくベッドから立ち上がった。

2

干し肉を齧りはじめる。

ビーフジャーキーは張り込み用の非常食だった。鬼丸は香織の部屋を出てから、ずっと車の中でリースマンションの表玄関を注視していた。

あと数分で、午後六時半になる。

場合によっては、今夜も『シャングリラ』の仕事を休まなければならない。最初のピアノ演奏は八時半だ。香織が八時まで外出しないようだったら、張り込みを切り上げて、六本木の店に出る。外出した場合は仕事を休んで、尾行するつもりだ。

鬼丸はビーフジャーキーを平らげると、缶コーヒーを喉に流し込んだ。缶が空になったとき、香織がリースマンションから出てきた。

ベージュのニットスーツの上に、黒いウールコートを羽織っている。誰かと会うことになっているのか。

香織は表通りに向かって歩きだした。

張り込みに気づいた様子はうかがえない。鬼丸はレンジローバーを発進させ、低速で香織を追いはじめた。

香織は広い通りに出ると、タクシーを拾った。鬼丸は一定の車間距離を保ちながら、香織を乗せたタクシーを尾けた。

タクシーは十五、六分走り、ＪＲ代々木駅近くの雑居ビルの前で停止した。

香織はタクシーを降りると、馴れた足取りで雑居ビルの中に入っていった。鬼丸は車を路肩に寄せ、すぐ外に出た。雑居ビルに走り寄って、エレベーター乗り場に目をやる。

ちょうど香織の後ろ姿が函に吸い込まれたところだった。

鬼丸は素早く物陰に隠れた。函の中の香織が前に向き直って、何階かのボタンを押した。

扉が閉まった。鬼丸はエレベーターホールに駆け込み、階数表示ランプを見上げた。ランプは五階で静止した。

鬼丸は壁に掲げてあるテナントプレートに視線を向けた。五階には、ＮＧＯの難民救済団体『アースチルドレン』の事務局があるきりだった。

香織は非政府組織でボランティア活動をしているのか。『アースチルドレン』の活動は新聞やテレビでちょくちょく取り上げられている。

そんなことで、鬼丸にも多少の知識はあった。

『アースチルドレン』が設立されたのは約二年前で、代表は報道写真家の反町潤一だった。反町は二年半ほど前にシリアで取材中に地雷に触れ、片脚を失っている。三十九歳だったか。

反町は二十代のころから各国の内戦を取材し、民族紛争や戦争の悲惨さを写真で訴えつづけてきた。鬼丸は、そうしたニュース写真をグラフ誌で見ていた。

反町は俳優顔負けの好男子で、いかにも女性に好かれそうなタイプだ。彼の個展には、女性ファンが殺到しているらしい。

しかし、最近はあまりマスコミに登場していない。右脚の膝から下を失ったことで、人前に出ることを避けるようになったのか。報道写真もあまり撮っていないようだ。

鬼丸はエレベーターで五階に上がった。

『アースチルドレン』の事務局のドアに耳を押し当ててみた。男女が論議している。支援活動を巡って、意見が対立しているらしい。香織の声は聞こえなかった。

鬼丸は事務局から離れ、エレベーターで一階に降りた。自分の車に戻り、吉永の自宅マンションを張り込ませているデス・マッチ屋に電話をかけた。

「仁、何も動きがないようだな」

「そうなんですよ。吉永裕樹が拉致されたことは間違いないですね。ひょっとしたら、もう殺されてるのかもしれないな」

「その可能性は否定できないが、まだどこかに監禁されてるとも考えられる」

「ええ、そうですね。鬼丸さんのほうは何か収穫がありました？」

蛭田が問いかけてきた。鬼丸はリースマンションでのことを手短に話した。

「駒崎って元やくざが三億円の口止め料を香織の夫から脅し取ったとは思えないな。もし口止め料をせしめてたとしたら、そいつは相当とろいですよ。のこのこ香織に会いに行ったら、張り込んでる刑事に取っ捕まるかもしれないわけだから」

「そうだな。駒崎はシロだろう。奴は吉永の名前を出しても、きょとんとしてた」

「なら、シロでしょうね。香織は駒崎が三億円を脅し取ったと言ってたという話でしたけど、彼女のほうがよっぽど怪しいな」

「おれも、そう思ってるんだ。香織は誰かを唆して、夫から三億円の口止め料をせしめさせたのかもしれない」

「香織には不倫相手がいるんじゃないのかな？」

蛭田が言った。鬼丸は尾行中の香織が『アースチルドレン』の事務局にいることを告げた。

「口止め料は、シリア難民救済の支援金としてカンパされたんですかね？」

「なんとも言えないな、まだ。仁、報道写真家の反町潤一のことは知ってるか？」

「知ってますよ、反町は有名人ですんで」

「香織が反町と不倫関係にあるとしたら、三億円はおそらく……」

「反町個人が隠し持ってる？」

「ああ、多分な。香織と反町は共謀して、まんまと星野守広から三億円の預金小切手を騙（だま）し取った。行方のわからない吉永裕樹が二人に加担してたのか、利用されていたのかははっきりしないが、そういう推測はできる」

「ええ、そうですね」

「まずは香織と反町の関係を探（さぐ）ってみるよ。仁は、もう張り込みを切り上げてくれ。吉永が自宅マンションに戻ることはなさそうだからな」

「わかりました。それじゃ、おれは中野のマンションに帰ります」

　蛭田が電話を切った。

　鬼丸はすぐ『シャングリラ』に電話をかけた。フロアマネージャーの伊藤が受話器を取った。

「腹の具合が悪いんだ。例の音大生に連絡を取って、彼女にピンチヒッターを頼んでくれないか」

「わかりました」

「御木本先輩は何時に店に顔を出すって？」

「社長、今夜は来られないそうです。微熱があって、全身がだるくて仕方がないらしいんですよ」

「そうか。後で、乃木坂（のぎざか）のマンションに様子を見に行ってやってくれないか。オーナーは最近、体調不良みたいなんで、ちょっと心配なんだ」

「わかりました」

「よろしく！」

鬼丸は通話を切り上げ、煙草をくわえた。

一服し終えたとき、依頼人の万里江から電話がかかってきた。彼女は興奮した声で一息に告げた。

「弟から、わたしに電話があったんです」

「それは、いつのこと？」

「ついさっきです。でも、裕樹はわたしが通話ボタンを押す前に電話を切ってしまったんです。きっと弟は誘拐犯の隙（すき）を見て、わたしに連絡を取ろうとしたんだと思います」

「だとしたら、弟さんはどこかに監禁されてるんだろう」

「ええ、そうなんだと思います。いったい誰が裕樹を……」

「吉永さん、弟さんの口から星野香織という名を聞いたことは？」

鬼丸は訊いた。

「いいえ、一度もありません。ただ、その姓名には思い当たる人物がいます」

「差し支(つか)えなかったら、話してもらえますか」

「はい。わたしの別れた夫の愛人が同姓同名なんです」

「あなたと離婚した相手は、報道写真家の反町潤一氏だったんですか⁉」

「ええ、そうです。鬼丸さんがどうしてそのことをご存じなんです？」

　万里江が訝(いぶか)しげに言った。

「弟さんがやってる逆援助交際クラブの女性会員の中に星野香織がいたんですよ。その香織が弟さんの失踪(しっそう)に関与してるかもしれないんです」

「話がよく呑(の)み込めません。もう少し具体的に教えていただけますか」

「わかりました。星野香織の旦那は東都銀行の神田(かんだ)支店に勤めてたんですが、大口預金者の口座から不正に三億円を引き出して、業務上横領の容疑で逮捕されたんです」

「そうですか。それで？」

「わたしは星野が妻の男買いのスキャンダルを種(ネタ)に何者かに口止め料を要求されたのではないかと考え、何時間か前に香織に会ってきました。彼女は自分の不始末のことで夫が誰かに強請(ゆす)られていたことを認めました。また、知り合いの刑事の情報によると、星野は他人の預金の不正引き出しを認めたそうです」

「そうですか」

「最初は、あなたの弟さんが口止め料を要求したのではないかと疑っていました。それだけではなく、もしかしたら、あなたも共犯者なのかもしれないと思ったりもしました」

「なぜ、わたしを疑ったんです?」

「『エコープランニング』はベンチャービジネスとして注目されてるようだが、経営はかなり厳しいのではないかと感じたからです。ほら、先夜、あなたはブランド物のバッグなんかを換金したでしょ?」

「ええ。確かに会社は、まだ安定経営とは言えません。しかし、わたしは恐喝をするほど堕落してません」

「疑ったことは謝ります。弟さんも口止め料は要求してないのかもしれない。ただ、そうなると、謎が残ります。なぜ、弟さんは拉致されなければならなかったか」

　鬼丸は言った。

「それは、わたしにも謎です。彼女、香織さんはどう言ってるんです?」

「駒崎という元暴力団組員が香織の逆援助交際のことを知り、彼女の夫に三億円の口止め料を要求したと言ってました」

「鬼丸さんは、どう思われました?」

「たまたま香織の借りているリースマンションに駒崎が居合わせたんで、少し締め上げてみたんです。駒崎は犯人扱いされて、心外そうでした。というよりも、香織に対して怒ってましたね」

「ということは……」

「おそらく香織が嘘をついたんでしょう。それで、彼女を尾行したら、あなたのかつての夫だった反町氏が代表を務めてる『アースチルドレン』の事務局に入っていったんです
よ」

「反町と香織さんは、いまも関係をつづけてるのね。わたしが反町の妻だったころから、二人は不倫してたんですよ。先日は鬼丸さんに性格の不一致で離婚したと申し上げましたけど、本当は夫の浮気癖に我慢できなくなって別れたんです」

万里江が打ち明けた。

「反町氏はハンサムで名も売れてるから、女たちがほうっておかないのかもしれないな。しかし、奥さんとしては辛いですよね？」

「ええ、傷つけられ通しでした。で、一年数カ月後にきっぱりと別れたんです。その後は、本当に反町とは一度も会っていません。噂はいろいろ耳に入ってきましたけどね」

「それじゃ、反町氏がシリアで地雷を踏んで片脚に大怪我をしたことや『アースチルドレン』の代表になったことも知ってらした？」

「はい。それから、ほとんど写真の仕事をしてないことも知ってます」

「反町氏には遺産でも入ったんですかね？　経済的に余裕がなければ、ボランティア活動

には打ち込めないと思うんですよ」

「彼の両親は、まだ健在なはずです。少なくとも遺産は入っていません。それに反町の父親は年金暮らしをしている元公務員ですから、息子の生活の面倒を見ることはできないと思います」

「それじゃ、どうやって喰ってるんだろうか」

「ジゴロみたいな生活をしているのかもしれません」

「しかし、愛人の香織は銀行員の妻です。反町氏の生活費までは工面できないでしょ？」

「ええ、そうでしょうね。反町は口が上手だから、複数の女性にお金を貢がせてるのかもしれないわ」

「そうなんだろうか。これはあくまでも推測なんですが、香織と反町氏が結託して三億円の口止め料を手に入れたんじゃないかと考えてるんですよ」

「そうだったとしても、どうして弟が何者かに拉致されなければならないんです？」

「これもまた推測なんですが、あなたの弟さんは香織たちの悪事に気づいて……」

　鬼丸は口ごもった。

「裕樹が香織さんたちを強請ったのではないかとおっしゃりたいんですね」

「ええ、まあ」

「それほどの悪党ではないと思いたいけど、弟はいかがわしいサイドビジネスをしていたのですから、そうだったのかもしれません」

「仮に香織と反町氏が誰かに裕樹君を拉致させたとしたら、すぐにも始末させるんじゃないだろうか」

「そうでしょうね」

「何か理由があって、監禁してるようだな」

「どんな理由が考えられます？」

「真っ先に頭に浮かんだのは、犯人たちが裕樹君に何か罪を被せる目的でわざと生かしてあるんじゃないかという考えです」

「そうだとしたら、やり方が卑劣だわ。弟にも問題はあるんでしょうけど、そこまで陥れるなんてひどすぎます」

万里江の声が涙でくぐもった。

「話を元に戻しますが、反町氏は名声や金銭には淡泊な人柄なんですか？」

「いいえ、その逆です。反町はかなりの野望家で、権力やお金も握りたがってました」

「そういうタイプの人間も体が不自由になったことで、生き方をがらりと変えたんだろうか。だから、非政府組織の代表になって、難民の救済に力を尽くす気になったんですかね？」

「反町は自信家で、とても頑固な性格なんです。義足を使うようになったからって、そう簡単には生き方は変えないと思います」

「何か裏がありそうだな」

「つまり、反町は純粋な気持ちで『アースチルドレン』の活動をしてるのではなく、私利私欲のために難民救済をしてるのかもしれないということですね？」

「ええ、もしかしたら。少し反町氏のことを調べてみます。また話が飛びますが、その後、あなたに不審な人物が迫ったことは？」

「そういうことはなくなりました。鬼丸さんが西麻布で怪しい二人組を追っ払ってくれたんで、正体不明の敵は少し慎重になったのかもしれませんね」

「そうなんだろうか」

「わたしの不安が消えたわけではありませんけど、鬼丸さん、いまは弟の事件を優先させてください。裕樹にもしものことがあったら、わたし……」

「ご姉弟の危機を同時に抹消しますよ。ギャングハンターの意地と誇りを賭けてね」

「頼りにしています」

「ベストを尽くします」

鬼丸は電話を切ると、ふたたび張り込みに取りかかった。

3

雑居ビルから香織が現われた。

午後九時数分前だった。ひとりではなかった。香織は反町と連れだっていた。反町はわずかに片脚を引きずっていた。

鬼丸はステアリングを抱き込むような恰好で二人を目で追った。

香織たちは数十メートル先のレストランに入った。鬼丸は車をレストランの斜め前まで後退させた。できれば自分もレストランの客になり、二人の遣り取りを盗み聞きしたかった。しかし、香織が鬼丸に気づかないはずはない。

鬼丸は、またもや張り込みをはじめた。

張り込みは、いつも自分との闘いだ。焦れたら、ろくな結果にはならない。マークした人物が動きだすのを愚直なまでに辛抱強く待つ。それが肝心だった。

五分ほど過ぎたころ、玄内から電話がかかってきた。

「鬼丸さんのおかげで、だいぶ元気を取り戻すことができました。例の若死にしたラッパーのことは、いまでも惜しいと思ってますけどね」

「時間が経てば、いつか悲しみは必ず薄らぐ」

「そうですかね。ところで、一緒に飲んだ奈穂さんのことなんですけど、彼女、つき合ってる男がいるんですか？」

「さあ、どうなんだろうな。店では毎日顔を合わせてるんだが、個人的なことは何も知らないんだ」

「そうなんですか。あれだけの美人だから、もう彼氏がいそうだな」

「奈穂にひと目惚れしちゃったのか？」

鬼丸は訊いた。

「ええ、まあ。彼女のほうはどう感じたかわかりませんけど、こっちは運命的な出会いじゃないかと思いました」

「そうか。スナックでスマホの番号を互いに教え合ってたようだったから、奈穂をデートに誘ってみろよ」

「でも、断られたら、なんかカッコ悪いな」

「彼女のことをもっと知りたいんだろ？」

「ええ、それはね」

「だったら、押してみるんだな。多くの女性は、男の押しには弱いもんさ。女を口説きたかったら、なり振りかまわずに押しまくれ。色の道を究めた文豪がそう書き遺してるんだ。仮に奈穂につき合ってる奴がいても、そっちが熱い想いを伝えつづけりゃ何とかなるんじゃないのか？」

「勇気を出して、彼女に電話をしてみます」

「仕事中は店の娘たち、スマホには出ないかもしれないぜ」

「でしょうね。でも、一応、奈穂さんに電話してみます」

　玄内が弾んだ声で言い、先に電話を切った。

　鬼丸はロングピースをくわえた。煙草を喫い終えたとき、今度は奈穂から電話がかかってきた。

「先生って、意外に残酷なんですね」

「玄内からデートに誘われたんだな？」

「ええ、そうです。先生が彼をけしかけたんでしょ？」

「別にけしかけたわけじゃないが、あいつ、きみに一目惚れしたようだったから、それならアプローチすべきなんじゃないかと助言したんだ」

「デートに誘われたことは、女として悪い気はしなかったわ。でも、いまは彼とつき合う気になんてなれません。だからね、わたし、玄内さんに好きな男性がいるってはっきり言っちゃったんです。でも、安心して。具体的に先生の名前を出したわけじゃないから」

「そっちは父親にかわいがられて育っただろ？」

「ええ、そうね。父のことは、いまも大好きです。もう五十六歳なんだけど、どこか不良少年っぽさを留めてるんです」

「やっぱり、そうだったか。一般的に女の子は父親を最初の異性と意識し、男の子の場合は母親を好きになる。しかし、成長するにつれ、その傾向は次第に薄れるものなんだ」

「子供のときに愛した理想像が消えないと、どうなるんですか？」

「ファザコンやマザコンになりやすいらしい。きみがおれのような四十男に興味を持つのは、深層心理に……」

　鬼丸は言った。

「つまり、わたしにはファザコンの気があるってことなんですね？」

「ま、そういうことに……」

「その気があることは否定しません。でも、父そっくりの男性を追い求めてるわけじゃないんです。先生もちょっと不良っぽいとこがあるけど、父とは性格も容姿も違います。それに、先生とわたしは十五歳違うだけ。それぐらいの年齢差のあるカップルはそれほど珍しくないわ。だから、わたしの恋愛感情はノーマルだと思います」

「別に、異常だと言ったわけじゃないんだ。まだ恋愛に関しては、成長途中にあると言いたかったんだよ」

「稚いってことですね、わたしの恋心は。だけど、真剣なんです。先生が誰よりも好き！　実りのない恋愛だとわかってても、もう引き返せないんですよ」

「困ったな」

「先生の心の中にわたしが入り込む余地はないと思うけど、片想いをつづけさせてほしいんです。だから、わたしに誰か別の男性を宛がうようなことはしないでください」

「わかった。悪気はなかったんだが、きみを傷つけてしまったようだな。そのことについては、素直に謝ろう。ごめん！」

「ううん、もういいんです。それよりも、きょうも体調がすぐれないんですって？　フロアマネージャーがそう言ってたんだけど、大丈夫？」

「ああ、もう平気だよ」

「明日は先生と会えるといいな」

奈穂がそう言い、通話を切り上げた。

鬼丸はスマートフォンを懐に突っ込み、自分の狡さを恥じた。玄内をけしかけたのは、奈穂の求愛から逃れたいという気持ちが働いたからかもしれない。

なぜ、もっと彼女に冷淡になれないのか。女心を傷つけることで、逆恨みされたくないと思っているのだろうか。このまま奈穂を空回りさせておくのは惨いことだ。折を見て、態度を明確にすべきだろう。優柔不断な接し方は残酷すぎる。

鬼丸は反省しながら、また紫煙をくゆらせはじめた。

香織と反町がレストランから出てきたのは十時二十分ごろだった。二人は車道に寄り、通りかかったタクシーを拾った。

鬼丸は、二人を乗せたタクシーを尾行しはじめた。それから間もなく、彼は後続の白いエルグランドが張り込み中にレンジローバーの後方に停まったきり、ずっと動かなかったことを思い出した。ドライバーは一度も車から出なかった。

レストランで香織か反町が仲間にこっそり電話をかけて、呼び寄せたのか。

鬼丸はルームミラーに目をやった。エルグランドには、二人の男が乗っていた。どちらも黒っぽいスポーツキャップを被っている。顔かたちは判然としなかった。

前走のタクシーはしばらく走り、香織が借りているリースマンションに横づけされた。

鬼丸は後方をうかがった。不審なエルグランドは三十メートルほど後ろに見えた。ヘッドライトは消されていたが、車内の二人が降りた様子はなかった。

香織たち二人はタクシーを降りると、肩を寄せ合ってリースマンションの中に入っていった。四〇一号室で肌を重ねる気なのだろう。

鬼丸は香織の部屋に押し入る前に、エルグランドの二人組の正体を突きとめることにした。

車を走らせはじめる。案の定、エルグランドは追尾してきた。

鬼丸は数十分やみくもにレンジローバーを走らせ、たまたま見かけた神社の際に停めた。すぐに車を降り、神社の参道を進んだ。

境内は真っ暗だ。社務所はあったが、人のいる気配は伝わってこない。

参道の両脇は杉木立で、闇が深い。鬼丸は一瞬、木立の暗がりに身を潜めようと思った。

だが、スペースが狭い。怪しい二人組と闘うには少々、狭すぎた。

鬼丸はそう判断し、正面の本殿に歩を運んだ。

参道の入口のあたりから、複数の足音がかすかに響いてくる。エルグランドの男たちが追ってきたにちがいない。石畳を踏む靴音はだんだん高くなった。

鬼丸は本殿をぐるりと回り、縁の下に潜り込んだ。少し経つと、男たちの低い声が流れてきた。

「この近くに隠れてるはずだよ」

「社の裏に逃げ込んだんじゃないか？」

「ああ、おそらくな。ここで左右に分かれて、あの男を挟み撃ちにしよう」

「わかった」

会話が途絶えた。

どちらも声は若かった。二十代の後半か、三十代の前半だろう。男たちは賽銭箱の前で二手に分かれ、本殿の裏手に回り込んだ。

「いないな。どこに逃げたんだろう？」

「石畳の横に杉の大木が並んでたよな。あのあたりに隠れたのかもしれないぞ」

「だとしたら、おれたちがこっちに来た隙に逃げた可能性も……」

「そうだな。行こう！」

二人の男が言い交わし、社の前に戻ってきた。

鬼丸は男たちが通り過ぎてから、本殿の下から這い出した。気配で、二人組が立ち止まった。

「星野香織か反町潤一に言われて、おれを尾行したようだな」

鬼丸は男たちを等分に見ながら、どちらにともなく言った。すると、右側にいる細身の男が口を開いた。

「あんた、鬼丸竜一だな？」

「そうだ。おまえらはヤー公じゃなさそうだな。といって、『アースチルドレン』のメンバーにも見えない。いったい何者なんだ？」

「ある組織のメンバーだよ。あんたに忠告しておく。吉永裕樹の行方を追うのはやめろ」

「おまえらが吉永を拉致したんだなっ」

「その質問には答えられない。吉永のことは忘れろ。そうしないと、あんたは後悔することになるぞ」

もうひとりの男が低い声で凄んだ。二人とも三十歳前後だろう。

「ただ忠告しに来ただけじゃないはずだ。忠告だけなら、電話かファクスで充分だからな。おれを少し痛めつけようって魂胆なんだろうが！」

「頭は悪くなさそうだな」

細身の男が言い、腰から手製らしいブラックジャックを引き抜いた。筒状の革袋の中には、パチンコ玉を混ぜた湿った砂が詰まっているのだろう。

鬼丸は身構えた。

細身の男がブラックジャックを振り翳しながら、無防備に接近してくる。鬼丸は機先を制することにした。前に跳び、相手の顎にアッパーカットを見舞う。

パンチは、きれいに極まった。

細身の男がいったん身を反らせ、前屈みになった。鬼丸はわずかに横に動き、今度はボディーブロウを放った。拳は相手の腹部に深くめり込んだ。

細身の男が膝から崩れた。

鬼丸は素早くブラックジャックを奪い取った。うずくまった男の頭頂部をブラックジャックで強打しようとしたとき、相棒が両腕をいっぱいに伸ばした。

両手保持で構えているのは、ロシア製のサイレンサー・ピストルだ。マカロフＰｂである。消音器と銃身が一体化されていた。

「動くと、撃つぞ」

「飛び道具にはかなわない。おれにどうしろと言うんだ？」

「奪ったブラックジャックをおれの仲間に返すんだっ」

「いいだろう」

鬼丸はブラックジャックを細身の男の足許に投げ落とした。

細身の男がブラックジャックを摑み上げ、すぐ水平に振った。鬼丸は右の膝頭を撲たれ、思わず横に転がってしまった。

「お返しだ！」

細身の男が憎々しげに叫び、鬼丸の頭にブラックジャックを叩きつけてきた。まともに脳天を強打され、一瞬、何もわからなくなった。

自分が地べたに倒れていることを知ったのは数秒後だった。

二人組は背を見せて走っていた。鬼丸は起き上がって、襲撃者たちを追っかけようとした。しかし、膝の打ち身が痛んで、速くは走れない。

それでも鬼丸は片脚を庇いながら、懸命に駆けた。参道がひどく長く感じられたが、実際には数十メートルしかなかった。

神社の境内を出たとき、目の前をエルグランドが猛スピードで走り抜けていった。ナンバープレートの数字は、粘着テープで隠されていた。

いまから追跡しても、もう無駄だろう。

鬼丸は脚を引きずりながら、レンジローバーに乗り込んだ。リースマンションのある場所まで引き返し、香織の部屋に向かった。

四〇一号室のドアは、なぜかロックされていなかった。

罠が仕掛けられているのか。鬼丸はドアに耳を近づけた。反町が室内で待ち構えている気配は感じられない。

鬼丸は細心の注意を払いながら、ドアを細く開けた。

何事も起こらなかった。部屋の中は明るい。

鬼丸は室内に足を踏み入れた。居間の長椅子の下に人間が倒れている。仰向けに横たわっているのは、なんと香織だった。

身じろぎ一つしない。香織の首には、パンティーストッキングが二重に巻きついている。

鬼丸は香織に歩み寄り、手首を取ってみた。

脈動は熄んでいた。香織はわずかに白目を覗かせ、苦しげに顔を歪めている。

反町が香織を殺して逃げたのか。あるいは、報道写真家は殺し屋に愛人を始末させたのかもしれない。

何気なく長椅子の下を見ると、運転免許証が落ちていた。

鬼丸は手を伸ばして、それを拾い上げた。吉永裕樹の運転免許証だった。

いかにも作為的(さくいてき)だ。香織を殺害した犯人が吉永に罪を被せる目的で、わざわざ彼の運転免許証を事件現場に遺(のこ)したと思われる。

これで、反町が吉永の失踪に関与している疑惑が深まった。

鬼丸は吉永の運転免許証を懐にしまうと、出入口に足を向けた。ハンカチでドア・ノブを拭(ぬぐ)ってから、四〇一号室を出る。

反町は『アースチルドレン』の事務局に戻ったのかもしれない。

鬼丸はエレベーター乗り場に急いだ。

4

エレベーターが停まった。

五階だった。鬼丸は『アースチルドレン』の事務局に近づいた。

ドアに耳を寄せる。男たちが談笑していた。話の遣(や)り取りから、反町が事務局にいることはわかった。しかし、いま事務局に押し入るわけにはいかない。

鬼丸はエレベーターで一階に降り、いったん雑居ビルを出た。少し離れた路上に駐(と)めてある自分の車に乗り込み、堤刑事に電話をかけた。

「マークしてた香織がリースマンションで殺されてました」

「なんだって⁉」

堤が驚きの声を洩らした。鬼丸は経過を詳しく語った。

「鬼丸ちゃん、四〇一号室に指紋、掌紋、唇紋の類は何も遺してこなかったな？」

「その点は抜かりありません」

「部屋に忍び込むとき、近くに人はいなかったんだろう？」

「ええ。四〇一号室を出たときも、誰にも見られてないはずです」

「車はリースマンションの真ん前に駐めてあったのか？」

堤が矢継ぎ早に訊いた。

「いや、少し離れた路上に駐めたんですよ」

「それなら、鬼丸ちゃんが疑われる心配はねえだろう」

「堤さん、なぜ香織は殺られたんだと思います？」

「反町が香織と組んで例の三億円を星野守広から騙し取ったんだとしたら、欲に目が眩んじまったんだろうな」

「しかし、反町と香織は愛人関係にあったんです。それだけで、殺害する気になるだろうか。香織は反町に何か迫ったんじゃないんですかね。たとえば、夫とは正式に別れるから、自分と結婚してくれとか……」

「なるほど、そういうことは考えられそうだな。しかし、反町にはそういう気持ちはなかった。ただ、三億円は欲しいと思ってたんだろう。だから、香織を始末して、金を独り占めしたくなったのかもしれねえぞ」

「反町が自分の手を直に汚したんでしょうか。それだけの度胸があるかな？」

「欲に駆られりゃ、人殺しもやっちまうんじゃねえのか。反町は難民救済活動にのめり込んでるようだから、経済的には不安定だったはずだ。だから、まとまった金が必要だったんだろう」

「そうなんだろうか。反町が実行犯じゃないとしたら、殺し屋の犯行なんでしょう」

「考えられるな。鬼丸ちゃん、香織の首にパンティーストッキングはどんなふうに巻きついてた？」

「二重に巻きついてました」

「なら、プロの犯行っぽいな。ふつうの人間は冷静に二重にパンストを首に巻きつけるなんてことはできない。そこまで手早く巻けるのは、人殺しをやったことがある奴だけだろう」

「椅子やテーブルは目立つほど乱れてなかったから、殺し屋の仕業と考えてもよさそうだな」

「多分、そうなんだろう。ところで、エルグランドに乗ってた二人組には、まるで見覚えがなかったのか？」

「ええ。二人とも組員じゃないと思うが、素っ堅気じゃないだろうな。手製のブラックジャックやマカロフPbを持ってましたからね」

鬼丸は言った。

「いまやサラリーマンがトカレフを隠し持ってる時代だが、まだマカロフPbは簡単には買えない。その二人は間接的に裏社会と繋がりがあるんだろう」

「でしょうね」

「留置されてる星野が三億円の預金小切手を誰に渡したのか自供してくれりゃ、事件はたちまち解決するんだがな。おそらく星野は全面自供したら、自分の親兄弟にも危害が加えられるかもしれないと考えてるんだろう。だから、頑なに脅迫者の名を明かさないんだと思うよ」

「しかし、自分の妻が殺害されたことを知ったら、星野も全面自供する気になるんじゃないですか」

「さあ、それはどうかな。自分の女房が逆援助交際クラブの会員だったこともスキャンダルだが、香織がずっと反町と不倫関係にあったことを知ったら、恥の上塗りってことになるぜ」

「あっ、そうですね。妻と反町にまんまと三億円を騙し取られたとわかったら、星野は脅迫者の名は明かさないかもしれませんね」

「ああ、屈辱的なことだからな。わざわざ自分の間抜け振りを世間に教えるような真似はしないだろう」

「多分ね。それはそうと、おれは反町が吉永裕樹をどこかに監禁してるんじゃないかと睨んでるんですよ。旦那はどう思います？」

「その線は考えられるな。もしそうだったとしたら、吉永は反町と香織の悪事に気づいて、上前をはねる気になったんだろう」

　堤が言った。

「こっちもそう考えたんですが、そうだとしたら、すぐに吉永は葬られてもおかしくないですよね？」

「ま、そうだな。しばらく吉永を監禁して、ビビらせるつもりなのかもしれねえな。上前をはねようなんて汚いことを考えたら、ひどい目に遭うってことを思い知らせたかったんじゃねえのか？」

「そうなんだろうか。そのあたりがどうも謎なんですよ。なんとなく万里江の拉致未遂事件とリンクしてるような気がしてるんですが……」

「鬼丸ちゃん、そいつは考え過ぎなんじゃねえのか。弟の監禁事件とは切り離して考えたほうがいいと思うぜ」

「そうすべきなのか」

「鬼丸ちゃん、反町がひとりになるのをじっと待ってるのも大変だな。なんだったら、おれが警察手帳使って、報道写真家を事務局から外に連れ出そうか。そのほうが早いだろうが？」

「その通りなんですが、極力、自分ひとりの力で片をつけたいんです。ギャングハンターとして、依頼人たちから成功報酬を貰ってるわけですんで」

「それなりの誇りも意地もあるってわけだ。そういうことなら、好きにしなよ。もちろん何かあったら、おれは喜んで手を貸す」

「そのときは、よろしく頼みます」

鬼丸は電話を切った。

数十秒後、雑居ビルの前に灰色のアルファードが停まった。スモークグラスで車内は見えない。

二分ほど経ったころ、雑居ビルから反町が現われた。ひとりだった。

反町はスライドドアを開け、アルファードのリア・シートに坐った。灰色の車は、すぐに走りだした。

鬼丸はアルファードを追った。

反町を乗せた車は山手通りに出て、大橋から玉川通りに上がった。国道二四六号線だ。

鬼丸は慎重に尾行しつづけた。

アルファードは玉川通りを直進し、川崎市宮前区に入った。反町の自宅マンションは都内にあるはずだ。アルファードは住宅街を抜けると、丘陵地の頂まで登った。そこには、アトリエ風の洋風住宅が一軒だけ建っていた。

周囲は雑木林だった。アルファードは、洋風住宅のカーポートに納められた。

住宅の電灯は点いていたが、誰も出てくる気配はなかった。

アルファードから反町と大柄な男が降り、すぐに洋風住宅の中に消えた。大柄な男は二十代の後半だろう。やくざには見えなかったが、どこか凶暴な印象を与えた。

鬼丸はレンジローバーを空き地に入れ、洋風住宅に忍び寄った。抜き足で、家屋の裏手に回る。

鬼丸は勝手口のドアの錠を万能鍵で外し、家の中に侵入した。土足のままだった。ダイニングキッチンは暗かった。

玄関ホールに移ったとき、前方から何かが飛んできた。それはダーツ弾だった。

鬼丸は首に尖鋭な痛みを覚えた。首に手を当ててみた。アンプルと直結したダーツ弾の針が深く突き刺さっていた。

ダーツ弾を引き抜こうとすると、激痛に見舞われた。針の先には鋭い返しがあるらしい。

居間と思われる部屋から大男が現れた。洋弓銃に似た物を手にしている。

「罠(わな)に引っかかったな」

「麻酔ダーツ弾を放ったんだなっ」

鬼丸は歯を喰(く)いしばって、ダーツ弾の針を引き抜いた。痛みで一瞬、気が遠くなった。

アンプルの溶液は半分ほど減っていた。

「アンプルの中身は麻酔薬のペントバルビタール・ナトリウムだよ。一、二分で全身の感覚が鈍(にぶ)って、おまえは意識を失うことになる」

大男が薄い唇を歪(ゆが)めた。

鬼丸はダーツ弾を玄関ホールの床に思い切り叩きつけた。アンプルが砕(くだ)け、麻酔薬溶液が飛び散った。

「吉永裕樹は、この家に監禁されてるんだなっ」

「そういう名の男は知らないな」

「とぼける気か。待ってろ、いま口を割らせてやる！」

「おれとファイトする気かよ」

大男が鼻先で笑い、洋弓銃に似た武器をシューズボックスの上に置いた。

鬼丸は前に踏み出した。まだ体は自由に動く。大男が不意に中段回し蹴りを放った。空手か少林寺(しょうりんじ)拳法の心得があるらしい。

鬼丸は数歩退(さ)がり、蹴りを躱(かわ)した。

大男が体勢を整えた。鬼丸は、ほとんど同時に相手の内懐に飛び込んだ。右のショートアッパーを繰り出し、左のフックを浴びせた。

大男がふらついた。鬼丸はラッシュする気になった。

そのとき、急に手脚に力が入らなくなった。麻酔が効きはじめたのだろう。

「やってくれるじゃねえか」

巨漢が間合いを詰め、勢いよく足を飛ばした。鋭い前蹴りを腹に受け、鬼丸は体を折った。そのまま後方に引っくり返った。

大男が近寄ってきて、鬼丸のこめかみを蹴った。強い蹴りだったが、あまり痛みは感じなかった。それから間もなく、意識が混濁した。

我を取り戻したのは、どれほど経過してからなのか。鬼丸は十畳ほどの洋間に転がされていた。体の自由は利いた。

ただ、右手が濡れている。なんと血糊でぬめる金属バットを握らされていた。

鬼丸は反射的に金属バットを投げ出し、跳ね起きた。

すると、血溜まりの中で吉永裕樹が息絶えていた。頭部は無残にも潰れていた。耳や口からも血を垂らしている。

反町や大男は、とっくに逃げ去ったらしい。物音ひとつしない。敵が鬼丸に吉永殺しの罪を被せる目的で細工を施したことは明らかだ。

濡衣(ぬれぎぬ)を着せられてはたまらない。

鬼丸はハンカチで金属バットの握りの部分を何度も拭(ぬぐ)い、急いで洋間を出た。侵入口に戻ると、そこには二人の制服警官が立っていた。

「おまえ、無断でこの家に入って、金属バットで人を撲殺(ぼくさつ)したなっ」

片方の警官が言った。

「それは違う。おれは罠に嵌(は)められたんだよ」

「諦(あきら)めの悪い奴だ。手に血が付着してるじゃないか。きさまを緊急逮捕する」

「おれは誰も殺しちゃいない」

鬼丸は玄関ホールに走り、ポーチに飛び出した。そこには、二人の刑事が張り込んでいた。

「あんたが金属バットを振り回してるとこを見たという人物から通報があったんで、われわれはこの現場(げんじょう)にやってきたんだ」

五十年配の刑事が言った。鬼丸は氏名と現住所を明かし、首の傷口を見せた。しかし、刑事たちは強く任意同行を求めてきた。

同行を拒(こば)んだら、連日、刑事に尾行されることになるだろう。そうなったら、うっとうしい。

鬼丸は癪(しゃく)だったが、任意同行に応じることにした。刑事たちは鬼丸を覆面パトカーに乗せた。鬼丸は所轄署に向かった。

やがて、所轄署に着いた。鬼丸は二階の刑事課に連れ込まれた。若いほうの刑事は取調室で事情聴取したがったが、それは明らかに違法行為だ。

鬼丸はそのことを口にし、毅然と拒絶した。五十絡みの刑事が若い同僚を窘め、鬼丸を応接ソファに坐らせた。

鬼丸はかつて公安調査官だったことを打ち明け、事の経過を話すことになった。しかし、事実をそのまま語ったら、いろいろ支し障りが出てくる。

そこで鬼丸は、とっさに思いついた嘘を澱みなく喋った。用賀のあたりでアルファードに強引な追い越しをされて腹を立て、運転者の大男を追った。

巨漢が洋風住宅に入ったのを見届け、インターフォンを鳴らした。と、大男がポーチに現われ、いきなり首に麻酔ダーツ弾を撃ち込まれた。

意識を取り戻すと、血塗れの金属バットを握らされていた。被害者とは一面識もない。したがって、自分には何も犯行動機がないと主張した。

刑事たちは現場検証中の神奈川県警機動捜査隊や所轄署員たちと頻繁に連絡を取り合い、小一時間後にようやく鬼丸の話を信じた。

「ご迷惑をかけて申し訳ありませんでした」

五十絡みの刑事は謝罪したが、若い刑事は頭を下げなかった。鬼丸は若い刑事を睨みつけて、刑事課を出た。

警察署の駐車場に回ると、毎朝タイムズの橋爪が立っていた。

「なんで橋爪さんがこんな所にいるんです⁉」

「おたくをずっと尾けてたんだよ。社の車じゃなく、バイクでね」

「そうだったのか」

「報道写真家の反町潤一は何をやったんだい？　『アースチルドレン』に寄せられた義援金をネコババしてたのかな」

「おれ、反町なんて男を追ってたわけじゃありませんよ。代々木に友人が住んでるんですが、訪ねたときは留守だったんです。それで、車の中で友人が外出先から戻るのを待ってたんです」

「しかし、結局は会えなかった？」

「ええ、そうです。で、ひとりでドライブすることにしたんですよ。用賀のあたりでアルファードに強引な追い越しをかけられて頭にきて、その車を追ったんです。ドライバーに文句を言ってやるつもりで相手の自宅に乗り込んだら、だしぬけに麻酔ダーツ弾を撃たれちゃったんですよ。で、我に返ったとき、なぜか警官が踏み込んできたんです」

「それで？」

「おれのそばには、血みどろの男の死体が転がってました。まったく知らない奴でした。

そんなことで、おれは人殺しの嫌疑(けんぎ)をかけられたんですが、無実であることはわかってもらえました」

鬼丸はポーカーフェイスで答えた。

「おたく、物語作家になれるんじゃないの？」

「どういう意味なんです？」

「作り話がうまいって意味さ。スクープ種(だね)を提供してくれたら、裏仕事に必要な情報を流してやるよ。だから、反町がどんな事件(ヤマ)に絡んでるのか、こっそり教えてくれないか」

「橋爪さん、何か勘違いしてるな。さっきも言いましたが、おれ、反町なんて奴はまるで知らないんです」

「そこまでシラを切るのか。まいったね。きょうは退散するほかなさそうだな」

橋爪がオーバーに肩を竦(すく)め、ホンダの大型単車に近づいた。フルフェイスの黒いヘルメットを被ると、ほどなく走り去った。

鬼丸は懐からスマートフォンを取り出し、依頼人の万里江に連絡をとった。万里江はワンコールで電話に出た。

「鬼丸です。夜分遅くに申し訳ありません。弟さんのことで、警察から連絡はありました？」

「いいえ。裕樹の身に何かあったんですね？」

「ええ。残念ながら、あなたの弟さんはもうこの世にいません。殺されてしまったんですよ」

鬼丸の語尾に、万里江の悲鳴に似た泣き声が重なった。

当分、涙は涸れそうもない。鬼丸はスマートフォンを耳に当てたまま、何も話しかけなかった。万里江の嗚咽は高まる一方だった。

第四章　売られた難民少女たち

1

依頼人が急にうつむいた。

鬼丸は沈黙した。『エコープランニング』の社長室である。鬼丸は万里江と応接ソファに腰かけていた。午後三時過ぎだった。

万里江の実弟が荼毘(だび)に付されたのは、きのうである。鬼丸は吉永裕樹の葬儀には列席しなかった。

万里江がハンカチを目に当てた。殺された弟のことを思い出したのだろう。

鬼丸は煙草(たばこ)に火を点(つ)けた。半分ほど喫(す)ったとき、万里江が顔を上げた。

「見苦しいところをお見せしてしまって、ごめんなさい。裕樹のことを思い出したら……」

「ああいう結果になってしまって、申し訳ないと思っています。赦してください」

「別に鬼丸さんが悪いわけではありません。弟には、それだけの寿命しかなかったのでしょう」

「警察から捜査状況は聞いていますか？」

鬼丸は短くなった煙草の火を揉み消した。

「まだ犯人は捜査線上には浮かんでいないというお話でした。事件現場の家の所有者夫妻は先月から海外旅行中で、犯行にはまったく関与していないことがわかったそうです。警察は所有者ご夫婦の交友関係を徹底的に洗ったようですが、怪しい人物はいなかったらしいんです」

「そう。犯人は事件のあった家が長いこと留守になってるのを何かで偶然に知って、犯行に使う気になったんだろう」

「そうなのかもしれませんね。犯人は最初っから鬼丸さんを裕樹殺しの加害者に仕立てようと企んでたのでしょうか？」

「ええ、おそらくね」

「なぜ鬼丸さんにそんな濡衣を着せようと思ったのでしょう？」

「それは、こっちがいろいろ嗅ぎ回ってたからでしょうね」

「そう言えば、弟の通夜のあった日、わたしに脅迫電話がかかってきたんです」

「相手はどんな奴でした？」

「男性でしたけど、ボイス・チェンジャーを使っているようで、年齢の見当はつきませんでした」

「脅迫内容は？」

「弟から何か聞いているはずだ。それから、何か預かってるんじゃないのか。そういう内容でした」

「そう。で、裕樹君から何か打ち明けられたことは？」

「いいえ、ありません」

「そういうことなら、写真データとか録音音声メモリーの類も預かってませんよね？」

「ええ。弟は誰かの悪事を知って、恐喝めいたことをしてたのでしょうか」

「その可能性はあると思います」

「裕樹は、いったいどんな悪事を知ったのかしら？」

「あなたの元夫の不倫相手の旦那の星野守広が勤務先で他人の口座から三億円を不正に引き出してます。星野がそんなことをしたのは、妻のスキャンダルを揉み消したかったからだろうな」

「そうなんでしょうか？」

「ええ、多分ね。香織が誰かと組んで星野を脅迫して、まんまと三億円をせしめた。あなたの弟は何らかの方法でそのことを知って、香織に揺さぶりをかけた。そのため、裕樹君は何者かに拉致され、その後、殺されることになってしまったんでしょう。わたしは、そう考えてるんですよ」

「確か香織さんはリースマンションで誰かに殺されたのでしたよね？」

「ええ、首をパンティーストッキングで絞められてね。その事件は派手に報道されました」

「そうでしたね。香織さんと共謀して星野さんから三億円を脅し取ったのは、反町ではないかと……」

万里江が語尾を呑んだ。

「あなたには辛い話でしょうが、わたしは反町氏が裕樹君や香織の事件に深く関わっているのではないかと睨んでいます」

「いくら何でも反町が以前は義弟だった裕樹や愛人の香織さんを葬る気になるとは、とても思えません。というよりは、そんなふうに思いたくありませんね。離婚はしましたけど、反町はかつて夫だったわけですので」

「そのお気持ちはわかりますが、状況証拠は限りなく……」

「反町が誰かに弟を始末させたんだとしたら、わたし、絶対に赦せません。彼に会って、直に訊いてみます」

「それはやめたほうがいいと思います。下手をしたら、あなたまで殺されることになるかもしれないので」

「でも、このままでは気持ちがすっきりしません」

「わたしが必ず反町氏を追い詰めます。だから、あなたは動かないでほしいんですよ。依頼人を護り抜けなかったら、こっちはギャングハンターをつづけられなくなります。それは困るんだ」

「わかりました。そういうことでしたら、反町には会いに行きません」

「裕樹君の通夜があった日に脅迫電話をかけたのは、反町氏なのかもしれません。そうでないとしたら、知り合いの誰かに脅しをかけさせたんでしょう」

「わたしを拉致させようとしたり、車のブレーキオイルを抜かせたのも反町なんでしょうか？」

「それは、まだ何とも言えません。判断材料が少ないんでね」

「そうですか。一連の事件の首謀者が反町だとしたら、彼も堕ちるところまで堕ちてしまったのね。シリアで地雷を踏んでから、自暴自棄になってしまったのかしら？　もともと反町は心の振幅が大きいんです。だから、時に極端から極端に走ることがあるんです」

「そう」

「だけど、三億円の恐喝と難民救済活動がどうしても結びつかないんです」

「人間の心には、悪と善が共存してるんじゃないだろうか。百パーセント悪人という人間はいないでしょうし、逆に完璧(かんぺき)な善人もいないでしょう」

「それは、その通りだと思います。反町は汚れたお金を『アースチルドレン』に注ぎ込んでいるのでしょうか？」

「そのあたりのことも、まだはっきりしません。ただ、反町氏が善意やヒューマニズムだけで難民救済活動をしてるのかどうか」

「反町が売名目的でボランティア活動をしているのではないかと？」

「報道写真家が難民救済活動で名を売ったところで、せいぜい講演依頼が舞い込む程度でしょう。そのぐらいのメリットでは、活動にのめり込めないと思うな」

「反町は何か大きなメリットを期待して、難民救済活動をしているのではないかとおっしゃりたいんですね？」

「ええ、まあ。単なる勘なんですが、何か裏があるような気がしてならないんですよ。それで、実は知り合いの刑事に反町氏の渡航記録や海外での交友関係を調べてもらってるんです」

「もしかしたら、反町はNGO活動を隠れ蓑(みの)にして、個人的な利益を貪(むさぼ)っているのでしょうか」

「そのあたりのことは、いずれわかるでしょう。とにかく、もう少し時間をください。裕樹君の救出には失敗してしまいましたが、事件の真相は突きとめますよ。もちろん、あなたを連れ去ろうとした奴らの背後にいる黒幕も絶対に闇の奥から引きずり出します」

　鬼丸はそう約束して、すっくと立ち上がった。

　万里江に見送られ、『エコープランニング』を出る。鬼丸は路上に駐めておいたレンジローバーに乗り込み、日比谷に向かった。

　午後四時半に警視庁の裏手にある喫茶店で堤と落ち合う約束になっていた。目的地に着いたのは、ちょうど四時だった。

　鬼丸は裏通りに車を駐め、喫茶店に入った。割に店内は広く、席と席の間隔も充分に離れている。周囲の客に会話を聞かれる心配はなさそうだ。

　鬼丸は奥まった席に坐り、コーヒーを注文した。一服し終えたとき、コーヒーが運ばれてきた。

　ブラックでコーヒーを啜っていると、マーガレットから電話がかかってきた。

「いまファッション誌の仕事でベイエリアにいるんだけど、マンションを出るとき、中年の男たちがわたしの部屋の様子をうかがってたようなの」

「何人だった？」

「二人よ。どちらも四十代の半ばかな。やくざではないと思うけど、サラリーマンという感じでもなかったわね」

「何か声をかけられたのか？」

鬼丸は畳みかけた。

「ううん、二人とも話しかけてはこなかったわ。ただ、じろじろ見るので、なんだか薄気味悪くって」

「その二人がまた現われたら、迷わずに一一〇番通報したほうがいいな」

「ちょっとオーバーなんじゃない？」

「そんなことはないよ」

「竜一、誰かに逆恨みでもされてるの？」

「別に思い当たるようなことはないな」

「そう」

「何かあってからじゃ遅いから、妙な男たちが接近してきたら、とにかく人がたくさんいる場所に逃げて一一〇番するんだ。マギー、いいね！」

「ええ、わかったわ。それはそうと、今夜、会いに来てくれる？」

「仕事が終わったら、部屋に行くよ」

「それじゃ、待ってるわ」

マーガレットが電話を切った。

鬼丸はスマートフォンを懐に戻した。何か禍々しい予感が胸を掠めたが、すぐに不安を打ち消す。

敵が誰であれ、なんの関わりもないマーガレットに危害は加えないだろう。ただ、彼女を人質に取られる心配はあった。しばらくマーガレットの部屋で暮らすべきか。

鬼丸はぼんやりと考えながら、コーヒーを口に運んだ。

カップが空になったころ、堤がやってきた。げじげじ眉を寄せ、やや落ちくぼんだ両眼に凄みを溜めている。

居酒屋や喫茶店で落ち合うとき、いつも堤はそういう顔つきをする。他人になめられたくなくて、無意識に凄みを利かせてしまうのだろう。

「旦那、収穫は？」

鬼丸は小声で問いかけた。堤が無言でうなずき、向かい合う位置に腰かけた。コーヒーをオーダーすると、前屈みになった。

「鬼丸ちゃん、反町潤一は今年だけで五回もタイに渡ってたよ」

「タイ？　シリアじゃないですか？」

「いや、タイだよ。シリアには春先に一度行ってるだけだった。難民キャンプを訪ねてるのは、それ一回だけだな。現地のボランティア団体の人間と一緒にキャンプに行って、救済する難民の選別をしたようだ」

「どういう難民を選んだんだろう？」

「反町は戦災で親を失った五歳から十四歳の子供たちを優先的に選んで、タイの里親斡旋団体に送り込んでる。女の子が六割で、男の子が四割ぐらいらしい。これまでに八十人近い子供たちを難民キャンプから救い出して、裕福なインド人貿易商や中国系タイ人実業家などの里子にしてる」

「そうですか。反町は別にダーティーなことはしてなかったんでしょうね」

鬼丸は言って、煙草に火を点けた。

「いや、何か危(ヤバ)いことをやってるにちがいねえな。というのは、タイの里親斡旋団体の代表がバンコクの暗黒街を仕切ってる華僑(かきょう)実業家の女房なんだよ」

「その華僑実業家の名前は？」

「謝建保(シェジェンバオ)って名で、ちょうど五十歳だな。謝(シェ)はタイ生まれの中国人なんだが、タイの王族や政府高官と親交があって、三十数社の会社を経営し、ムエタイの興行も手がけてるという話だ。妻のメルグイは生粋(きっすい)のタイ人で、三十四歳らしいよ」

「暗黒街のボスが日頃(ひごろ)の罪滅(つみほろぼ)しのつもりで、妻にボランティア団体の代表をやらせてるとは考えにくいですね。難民の子供たちを何か非合法ビジネスの商品にしてるのかもしれないな」

「おれも、そう直感したんだ。謝(シェ)はシリア難民の子供たちを里親たちに有料で斡旋してるんじゃねえのか。それで、儲けを反町と山分けしてるのかもしれねえぜ」

「そうなら、人身売買になりますね。後進国の中には闇の人身売買組織があるって話ですが、それに近いビジネスなら、確かに儲けは大きいでしょう。難民救済という名目で、商品は只で仕入れられるわけですからね」

「そうだな。世の中には、変態がいっぱいいる。幼女姦の好きな奴もいるし、児童虐待でストレスを解消させてる連中もいるからな」

「何年か前にオランダ人の医者が誘拐した少年少女を飼ってる鰐の餌にしてたという事件もありました」

「その事件のことは知らないが、アメリカの売春婦たちが快楽殺人の犠牲になったりしてる。表面には出てこねえが、こっそり人肉を喰らってる奴もいそうだな」

「そうでしょうね」

「鬼丸ちゃん、反町の動きはどうなんだ？」

「明らかにガードを固めてますね。事務局から出てくるときは必ず複数のスタッフと一緒だし、笹塚の自宅マンションにはずっと帰ってないんですよ」

「そうか」

堤が煙草をくわえ、カウンターの方に視線を投げた。どうしたことか、オーダーした飲みものはいっこうに運ばれてこない。

堤が焦れて、ウェイトレスに大声でそのことを告げた。ウェイトレスが平謝りに謝り、慌てて堤のコーヒーを持ってきた。

「世の中、どうなっちまってるんだ」

堤がぶつくさ言いながら、コーヒーに少しだけミルクを落とした。砂糖は入れなかった。

「タイに飛んでみるかな」

鬼丸は呟いた。

「バンコクで反町のダーティービジネスの裏付けを取る気になったのか?」

「そのほうが早いと思うんです。反町は警戒心を強めてますからね。荒っぽい方法で報道写真家を生捕りにする手もありますが、しくじった場合は面倒なことになります」

「おれが警察手帳を使って、反町をどこか人目のない場所に連れ込んでもいいぜ」

「堤の旦那にそこまでやらせたんじゃ、ギャングハンターの看板が泣きます。それに、依頼人から成功報酬を貰いにくくもなる」

「しかし、謝はチンピラじゃねえぞ。わざわざバンコクまで出かけても、謝を押さえられるかどうかな。鬼丸ちゃんひとりじゃ、ちょいと危険だ。行くんなら、デス・マッチ屋を連れていきなよ。あの大男が一緒なら、少しは心強いだろうが」

「そうするかな。ところで、香織の夫は相変わらず三億円の預金小切手を誰に脅し取られたのかは喋ってないんですね?」

「ああ、それについては黙秘しつづけてるそうだ。妻の香織が何者かに殺られちまったんだから、逆援助交際のことが週刊誌に書かれてもどうってことないと思うんだが、身内の恥は晒したくねえんだろうな」

「そうなんでしょうね。吉永裕樹が香織か反町に脅しをかけたという情報は？」

「知り合いの刑事に探りを入れてみたんだが、そういう話は洩らさなかったよ」

　堤が言って、コーヒーカップを傾けた。

「そうですか」

「国際刑事警察機構経由で謝建保のデータが手に入るかどうかわからねえけど、一応、問い合わせてみらあ」

「よろしく！」

「謝はタイの警察には鼻薬をきかせてるだろうが、チャイニーズ・マフィアのコネクションと無縁じゃないはずだよ。どこかの国の捜査ファイルには入ってるだろう。となりゃ、謝の顔写真はもちろん、現住所や傘下企業の所在地までわかる」

「そういうデータが手に入ったら、ありがたいな。入手できたら、当然、それなりの礼はさせてもらいます」

「そう気を遣うなって。銭欲しさだけで鬼丸ちゃんの仕事を手伝ってるわけじゃねえんだからさ。おれは捜査の仕事がしたくて仕方ねえんだよ。そっちから内職を回してもらうたびに、新入りの刑事みたいに妙に張り切っちまうんだ」

「ほんとに？」

「ああ。本来なら、鬼丸ちゃんから謝礼なんか貰っちゃいけねえんだけど、おれは酒好きだから……」

「まるっきり只で情報を流してもらったんじゃ、こっちが旦那に借りを作ることになります。だから、ちゃんと謝礼は受け取ってくださいよ」

「わかった。なら、そうさせてもらおう。ついでに、ギャラを少し上げてもらうか」

「いいですよ」

「冗談だって。いまのままで充分さ」

「旦那なら、必ずそう言うだろうと思ったんで、ギャラをアップしてもいいって言ったんですよ」

「なんでえ、そうだったのか」

堤が微苦笑した。鬼丸も小さく口許を綻ばせた。

2

乗り心地は悪くない。

リムジン・タクシーはバンコクの市街地に向かっている。鬼丸は蛭田と並んでゆったりとシートに凭(もた)れていた。

万里江と会った翌々日の夕方だ。

ドン・ムアン国際空港に到着したのは小(こ)一時間前である。六時間四十分のフライトだった。入国手続きを済ませるまで、鬼丸の腰は強張(こわば)っていた。ずっと坐(すわ)りっ放しだったからだろう。

日本を出発する前に、鬼丸は堤から謝建保(シェジエンバオ)に関する捜査資料や顔写真を受け取っていた。堤の話によると、やはりタイ警察の犯罪者リストに謝(シェ)の名は載(の)っていなかったらしい。しかし、シンガポールやマレーシアの捜査当局は謝(シェ)を要注意人物としてマークしているという。

提供されたデータによると、謝(シェ)はタピオカやパイナップルの大農場を所有し、タングステン発掘会社、衣料品メーカー、ゴム加工会社、貴金属販売会社、製材会社、ホテル、レストランなどを手広く経営し、バンコク市内の邸宅に妻子と住んでいるらしい。ひとり息子は、まだ八歳だ。妻のメルグイは飛び切りの美人だった。

謝(シェ)はいかにも遣(や)り手の実業家という風貌(ふうぼう)で、眼光が鋭い。小鼻の脇(わき)に大きな黒子(ほくろ)がある。下脹(しもぶく)れで、唇は分厚い。

「いまは、涼季(りょうき)なんでしょ？」

蛭田がドライバーに英語で確かめた。

「ええ、そうです。タイでは十一月から翌年の二月までを涼季と呼んでいます」

「確かに、それほど暑くないね。何年か前、八月に来たんですよ。そのときは猛烈に暑かったな。もっともスコールの後は、だいぶ爽やかだったけどね」

「失礼ですが、日本の方ですか？」

「そう」

「わたしの親類の者が何人も日本にいるんですよ。甥はタイ・レストランでコックをやってますし、姪たちはパブで働いてます。みんな、わたしよりもずっと高い給料を貰ってるそうです。わたしもあと二十歳若かったら、日本に働きに行くんですがね」

「日本はまだ不景気がつづいてるから、もうそれほど稼げないでしょう」

「それでも、いい国ですよ。姪のひとりは新宿で二年働いただけで、親に立派な家を建ててやったんですから、たいしたもんです。ホステスの給料って、ものすごく高いみたいですね」

「おたくの姪っ子は店の客とホテルに行ってるか、街娼をやってるんじゃないかな」

「えっ」

四十代後半くらいのタクシードライバーが絶句した。鬼丸は蛭田を肘でつつき、運転手に英語で話しかけた。

「連れが言ったことは冗談ですよ。聞き流してください。こいつ、タイ人ホステスさんにフラれたことがあるんで、ちょっと意地の悪いジョークを言ったんですよ」

「そうだったんですか」

「あなたの姪たちは、真っ当に働いてるんだと思います」

「そう思いたいですね。日本で売春してるタイの娘たちがいるって話は聞いてますけど、姪たちがそんなことをしてるとしたら、なんか悲しくなりますので」

　運転手がそう言い、口を閉ざした。

「おれ、ドライバーを傷つけるつもりはなかったんですよ。日本で安易に稼いでるタイの娘たちを年長者が窘めてほしいって気持ちから……」

　蛭田が日本語で言い訳した。

「仁の気持ちもわからなくはないが、人にはそれぞれ自分の生き方があるんだ。別に害を被ったわけじゃないんだから、偉そうに人生訓めいたことは言わないほうがいいな」

「そうですね。おれ自身、他人に説教できるほど品行方正じゃないし」

「こっちも同じだよ。だから、他人の生き方にあれこれ言わないようにしてるんだ。だいたい完全無欠な人間なんていないんだから、他人のことをとやかく言うのは思い上がりだよ」

「実際、そうですよね。いい勉強をさせてもらいました」

「おれ、仁に説教してるな。悪い、悪い！」

鬼丸は笑いながら、デス・マッチ屋に軽く詫(わ)びた。蛭田がおどけて、『まろは少しも気にしておらん』と言った。

会話が途絶(とだ)えた。

鬼丸は腕時計の針を戻した。時差は二時間だった。隣の蛭田が鬼丸に倣(なら)う。

リムジン・タクシーはひた走りに走った。

ドン・ムアン国際空港から市街地まで約二十二キロの道のりだ。やがて、タクシーは高速道路を降り、ペチャブリ通りに入った。すぐにラシャダムリ通りに折れ、空港で予約しておいた高層ホテルに横づけされた。

ドライバーが先に車を降り、鬼丸たち二人のキャリーケースをトランクルームから出した。鬼丸は三百バーツの料金のほかに五十バーツのチップを運転手に渡した。運転手は恐縮し、何度も頭を下げた。

「ありがとうございました(コップン・カップ)」

「どういたしまして(マイ・ペン・ライ)」

鬼丸はタイ語で応じ、蛭田とホテルのエントランスロビーに入った。

ツインの部屋を二室、予約してあった。どちらも十五階にあった。客室係に導(みちび)かれ、二人はいったん部屋に引き籠(こも)った。

旅装を解(と)くと、まず鬼丸は腹ごしらえをしたくなった。蛭田を誘って、館内のタイ料理店に入る。

客の大半は、外国人観光客やビジネスマンだった。鬼丸たちは中ほどのテーブル席につき、海老入りの辛味スープ（トム・ヤム・クン）、焼き飯（カーウ・パード）、牛肉サラダ（ヤム・ヌア）、タイ風薩摩揚げ（トート・マンプラー）、蒸（む）し米のパイナップル詰めなどをオーダーした。ビールの銘柄はシンハを選んだ。

飲みものと料理は次々に運ばれてきた。

二人はシンハを傾けながら、タイの代表的な料理をつつきはじめた。どの料理にも激辛の唐辛子（プリック）、ライムの絞り汁（マナオ）、魚醬油（ナンプラー）、パクチー、あさつきがたっぷり入っていた。辛いが、うまい料理が多い。トム・ヤム・クンは絶品だった。日本のタイ料理店のスープよりも、味が濃厚だ。

「確かバンコク中央駅の向こう側にチャイナタウンがありましたよ。そこで、少し謝（シェ）の情報を集めてみませんか？」

蛭田が提案した。

「そうだな。その後、ターニヤ通りやパッポン通りの客引きや娼婦から情報を集めようか」

「そいつら、謝（シェ）の裏の顔について簡単に喋るかな」

「少し多めに金を握らせれば、口が軽くなる奴がいるだろう」

「そうでしょうね。鬼（オニ）丸さんもバンコクは二度目でしょ？」

「ああ。公安調査官時代に休暇をとって、こっちに遊びに来たんだ。もう七、八年前になるな。そのころは、パッポン通りは買春目的の日本人の男であふれてたよ」

「おれが初めてタイに来た三年前も同じでしたよ。なぜだかドイツ人の男たちも大勢いたな」

「そうか。それから、日本人向けのスナックもたくさんあったよ。商社の駐在員たちが代わる代わるマイクを握って、サザンやアリスのナンバーを歌ってたな」

「その種のスナックはだいぶ減ってるようですよ。その代わり、寿司屋とか居酒屋が増えたみたいだな。売春バーの数は減ってないんでしょうけどね。昔はエイズ騒ぎで、買春客がめっきり少なくなったみたいだけど」

「そうらしいな」

二人は取り留めのないことを喋りながら、次々に料理を平らげた。

タイ料理店を出ると、タクシーでチャイナタウンに向かった。タイは多民族国家で総人口およそ六千六百万人の八割強をタイ族、漢民族、クメール族、マレー人が占めている。残りは少数山岳民族だ。

今日(こんにち)のタイ族の相当数は、漢民族の血を引いている。そんなことで中国系の人々が少なくない。公用語はタイ語だが、中国系タイ人はマンダリンと呼ばれる中国語を使っている。標準語は潮州(ちょうしゅう)語だ。

二十分弱でチャイナタウンに着いた。

鬼丸たちは車を降り、中華街を歩きはじめた。チャイニーズ・レストラン、仏具店、漢方薬店、衣料品店、葬儀店、食材店が軒（のき）を連（つら）ねている。商店の従業員はもちろん、客も圧倒的に中国系の人たちが目立つ。外国人旅行者の姿は疎（まば）らだった。

目抜き通りの中ほどに柄（がら）の悪そうな男たちが四人たむろしていた。いずれも二十代だろう。鬼丸は男たちに英語で呼びかけた。

すると、頬骨（ほおぼね）の高い男がブロークン・イングリッシュで問いかけてきた。

「おれたちに何か用か？」

「謝建保（シェジェンバオ）さんのこと、知ってるでしょ？」

「もちろん、知ってるさ。あの方は、中国人たちの憧（あこが）れの成功者だからな」

「われわれは日本のテレビ局の者なんですよ。謝（シェ）さんのことを取材させてもらってるんですが、このあたりに謝（シェ）さんの幼馴染（なじみ）とか学友がいらっしゃいませんか？」

鬼丸は、とっさに思いついた嘘（うそ）を口にした。

「いることはいるよ」

「どなたなんです？　お住まいは？」

「この先の三十メートルほど先に漢方薬の店があるんだ。その店をやってる李（リー）って男は、確か謝大人（シェターレン）と同じ小学校を出たはずだよ」

「そうですか」

「李さんに会ってみなよ」

男がそう言い、仲間と中国語で何か語りはじめた。鬼丸は男に英語で礼を述べ、目顔で蛭田を促した。

二人は急ぎ足で、教えられた漢方薬店に向かった。間口は狭いが、奥行きのある店だった。奥に五十歳前後の男がいた。顔が禿げ上がっている。店主だろう。ぎょろ目だった。

鬼丸は店内に足を踏み入れ、奥にいる男に英語で問いかけた。

「李さんでしょうか？」

「ああ、そうだよ。あんたは？」

男の英語には癖があったが、一応、聞き取れた。鬼丸は、さきほどと同じ嘘をついた。

「日本のテレビ局の連中は何を考えてるのかね。謝建保は番組に取り上げるような男じゃないよ」

「どういう意味なんでしょう？」

「あの男は経済界で大物扱いされてるようだが、いろいろあくどいことをしてきたんだ。奴が傘下に収めてる企業の大半は汚い手を使って乗っ取ったんだよ。謝は子供のときから悪知恵が働くんで、力のある者に取り入るのが上手だったんだ」

「そうなんですか」

「事業を拡大できたのも王族たちのご機嫌を取ったり、政府高官、軍人、警察幹部たちを金で抱き込んできたからさ。奴の素顔は闇社会のボスだよ。表ではきれいなビジネスをしてるが、ムエタイの八百長試合で金持ち連中から巨額の賭け金を吸い上げたり、パキスタンから仕入れた麻薬をシンガポールやインドネシアの犯罪シンジケートに流して甘い汁も吸ってるんだ」

「その犯罪シンジケートというのは、中国系マフィアなんですか？」

「ああ、そうだよ。謝は世界各国にいるチャイニーズ・マフィアの親玉どもと深く繋がってるんだ。バンコクの裏社会を牛耳ってるのは、あの男さ。わたしは奴のことは好きじゃないね」

李が吐き捨てるように言った。

「昔、何かあったんですか？」

「不愉快な思い出ばかりだよ。謝はクラスで集めた災害カンパ金をこっそりくすねておいて、いじめられっ子だったわたしを犯人だと校内で触れ回ったんだ。わたしはカンパのお金なんか盗んでないと級友や先生に訴えたんだが、誰もが謝の言葉を信じてしまって……」

「悔しかったでしょうね？」

「ああ、それはね。悔しくて悔しくて、一晩中、眠れなかったよ。謝は性格が悪くて、他人が幸せになるのが我慢ならないんだ。友人が自分よりも高い自転車に乗ってると、それを橋の上から川に落としたり、ガールフレンドを横奪りしちゃうんだよ。そのくせ、相手の女が妊娠したとたん、冷たく棄てちゃうんだ」

「ひどい奴だな」

「謝は極悪非道そのものさ。最初の奥さんは政府高官のひとり娘だったんだが、奴は彼女をレイプして結婚を迫ったらしいんだ。それでいて、妻にしたら、今度は愛人にうつつを抜かしはじめた」

「結局、最初の奥さんとは別れたのかな？」

「最初の妻は飛び降り自殺しちゃったよ。住んでた高層マンションのベランダから身を投げたんだ、謝が愛人宅に泊まった晩にね」

「その後、メルグイさんと再婚したわけか」

「そうなんだよ。いまの奥さんはミス・ユニバースにタイ代表で出た女性なんだ。どうせ謝は金の力で、メルグイを後妻にしたんだろう。悪人の奴も、ひとり息子のタムはかわいがってるようだがね」

「そうですか。メルグイさんは難民の子供たちの里親を斡旋してるボランティア団体の代表を務めてるんでしょ？」

　鬼丸は確かめた。

「多分、名目だけなんだろう。メルグイが里親斡旋組織に顔を出してるって話は一度も聞いたことないからね。謝(シェ)はイメージアップを図りたくて、妻を代表にしたんだろう。それに、謝(シェ)には何か考えがあったんだろうな」

「どんな考えがあったんですかね？」

「これから話すことは絶対にテレビで流さないと約束してくれるんだったら、噂(うわさ)のことを喋ってもいいよ」

李(リー)が声を潜(ひそ)めた。

「わかりました。約束は守りますんで、噂のことを話してもらえませんか。お願いします」

「いいだろう。どうも謝(シェ)はシリアの難民キャンプから救い出した五歳から十四歳の子供たちを秘密のサイトを使って、密(ひそ)かに売ってるらしいんだよ。買い手は里親を装(よそお)って、お気に入りの少年少女を自宅に引き取ってるらしいんだが、どいつも里子をまともには育てないみたいなんだ」

「どういうことなんでしょう？」

「インド人貿易商は九歳と十一歳の少女の里親になって、その二人に性的な奉仕をさせてるらしいんだ」

「フェラチオをさせてるんですね？」

「それだけじゃないらしいんだよ。二人の少女の性器にボールペンや小枝を突っ込んで、にやついてるというんだ。そのうち里親は二人の里子を姦る気でいるんだろう」

「そうなのかもしれないな」

「シンガポールの女実業家は十歳のシリアの少年に首輪を嵌めて、犬のように床を這わせているらしいんだ。食事も犬喰いをさせて、少しでも食べものを零すと、ハイヒールの踵で全身を踏みつけ、さらにテニスのラケットで叩いてるという話だった」

「ひどい児童虐待だな」

「そうだね。その女実業家はストレス発散のため、難民少年の里親になったんだろう。もっと気の毒なのは、イスラム教徒嫌いのアメリカ人投資家の里子になった十三歳の女の子だね。その子は女子割礼を受けてなかったんだが、性器の一部を鋏で切断され、足の爪まで剝がされたらしい。一度は里親の家から逃げ出したというんだが、救いを求める前に里親に取っ捕まって、素肌に熱いアイロンを押しつけられたんだってさ」

「いま、うかがった話の情報源は?」

黙って話を聞いていた蛭田が、会話に割り込んだ。李が巨身の蛭田を振り仰ぐ。

「知り合いの若いジャーナリストから聞いた話だよ。ポチャーナという青年だったんだが、先月、死んじゃったんだ」

「死んだ?」

「そう。自宅の近くで、何者かに射殺されたんだよ。おそらくポチャーナは謝(シェ)の回し者に始末されたんだろう。彼は謝(シェ)の化けの皮を剝(は)ぐと張り切ってたんだがね」

「そのジャーナリストの自宅はどこにあるんですか?」

「チャオプラヤ川のそばの共同住宅を借りてたんだが、もうチェンマイから出てきた両親が部屋を引き払ったはずだ」

「そうですか。部屋に取材メモか何か残ってると思ったんですけどね」

蛭田が落胆し、口を結んだ。鬼丸はすぐに李(リー)に問いかけた。

「ポチャーナさんから、ほかに何か聞いてます?」

「シリア難民の子供たちが人身売買サイトで競(せ)り落とされた証拠を摑(つか)んだと言ってたよ。売買価格は、平均五十万バーツだとも言ってた」

「一バーツ約五円で計算すると、およそ二百五十万円か」

「元手がかからないんだから、丸儲(もう)けだよ。しかし、決してやってはいけないビジネスだ。いまに罰(ばち)が当たるだろう」

「でしょうね。それはそうと、謝(シェ)さんと親交のある日本人がいるという話を耳にしたことはありませんか?」

「ポチャーナから、脚の不自由な四十歳前後の日本人が謝(シェ)の自宅に出入りしてるって話を聞いたことがあるな。その男がどういう人物かまでは教えてくれなかったがね」

李が答えた。その日本人は、反町潤一と思われる。鬼丸はそう考えながら、蛭田を顧みた。蛭田が目でうなずく。

「謝はそういうダーティーな面を持った男だから、番組に取り上げたら、おたくたちの会社は良識を問われることになると思うよ。取材を打ち切って、日本に帰ったほうがいいんじゃないの？」

「会社の上司に電話をして、相談してみますよ。ご協力に感謝します」

鬼丸は店主に深く頭を下げ、蛭田と漢方薬店を出た。

目抜き通りを五、六十メートル進むと、脇道から黒い人影が三つ飛び出してきた。真ん中にいるのは、さっきの頬骨の高い男だった。

「さきほどはどうも！　李さんが取材に協力してくれました」

「おまえたち、ちょっと怪しい」

頬骨の張った男が前に踏み出してきた。

「怪しい？」

「そうね。おまえたち、テレビ局のスタッフに見えないよ。わたしたち、謝大人を尊敬してる。だから、どうしてもおまえたちの正体を知りたい。何者か答えろ！」

「答えなかったら、どうする気なんだ？」

鬼丸は相手を睨んだ。

頬骨の目立つ男が目を尖(とが)らせ、背の後ろから青龍刀(せいりゅうとう)を取り出した。刃渡りは五十センチはありそうだった。両側の男たちも身構えた。

「仁、ちょっと腹ごなしをしよう」

鬼丸は蛭田に声をかけるなり、青龍刀を振り上げた男の股間(こかん)を蹴(け)り上げた。相手が唸(うな)りながら、その場にしゃがみ込んだ。

鬼丸は青龍刀を奪い取った。

仲間の二人が顔を見合わせ、何か言い交わした。そのとき、蛭田が二人に組みついた。男たちの頭を両腕でホールドし、素早く打ち合わせた。

頭部をバッティングされた二人は呻(うめ)いて、体をふらつかせた。まるで酔っ払いだった。蛭田が片方を肩で弾(はじ)き飛ばし、もうひとりに横蹴りを浴びせた。

二人は相前後して、路面に倒れた。

「引き揚(あ)げよう」

鬼丸は青龍刀を遠くに投げ、身を翻(ひるがえ)した。すぐに蛭田が追ってきた。

「パッポン通りに行こう」

「了解！」

二人はチャイナタウンを出ると、タクシーに乗り込んだ。

枕に女の長い黒髪がへばりついている。

鬼丸は髪の毛を抓んで、ベッドサイドの屑入れの中に捨てた。投宿先の部屋である。

3

前夜、鬼丸は蛭田とチャイナタウンからパッポン通りに回った。スリウォン通りとシーロム通りの間にある歓楽街には、日本人向けの飲食店が多い。

鬼丸たちは客引きや売春バーの女に青い五十バーツ札を握らせ、謝に関する情報を集めた。謝がバンコクの顔役であることは誰もがすぐに認めたが、シリア難民少女たちの密売については何も語ろうとしなかった。しかし、人身売買サイトがあることは知っている様子だった。

鬼丸たちはラマ四世通り寄りのターニヤ通りに移った。近くに日本の銀行のバンコク支店やタイ国日本人会の事務所などがあって、ターニヤ通りには日本人向けの飲食店が目立つ。

たまたま通りかかった日本人ビジネスマンの情報によると、近くの居酒屋でシリア難民少女が皿洗いとして働いているという。ロイアという名で、十四歳らしい。

鬼丸たちは教えられた居酒屋に行き、店主に頼んでロイアに会わせてもらった。ロイアは美少女だったが、ひどく暗い目をしていた。

鬼丸はロイアに英語で話しかけた。ロイアは英語が理解できなかった。母国語のほかには、片言のタイ語と日本語しか喋れない。

鬼丸は日本語に切り替え、できるだけゆっくりと話した。単語も平明な言葉を選んだ。

ロイアはたどたどしい日本語で、自分の身の上を語った。

一年半前にシリア難民キャンプから十六人の少年少女とともにタイ国内に連れて来られ、数日後にバンコクの西約百三十キロのカンチャナブリ県の寺院に移されて、里親である高僧のメイドをやらされていたという。

高僧はロイアを犯しはしなかったらしいが、明らかに異常性欲の持ち主だった。自分の目の前でロイアに放尿させ、携帯用便器に溜(た)まった小水を眺(なが)めながら、手淫(しゅいん)に耽(ふけ)っていたそうだ。

ロイアは高僧が果てるまで、その場を離れることができなかったらしい。およそ半年後に高僧が病死すると、ロイアは若い修行僧に着のみ着のままでバンコク行きの長距離バスに乗せられたという。

そして、バンコクの盛り場で途方にくれているとき、ナライという名のタイ人娼婦に声をかけられたらしい。その夜以来、ナライのアパートメントに厄介(やっかい)になっているそうだ。

ナライの口利(き)きで、数カ月後に居酒屋で働くようになったという話だった。

ロイアは肝心の人身売買サイトのことは何も知らなかった。難民キャンプにバスで迎えにきたのはパキスタンのボランティア団体の男性スタッフだったらしいが、名前は知らないという。

鬼丸はお礼のつもりで、ロイアに五百バーツ紙幣をこっそり手渡そうとした。ロイアは受け取ることを拒み、世話になっているナライを買ってあげてほしいと頭を下げた。

鬼丸はナライという売春婦から何か情報を得られるかもしれないと考え、ロイアに恩人の居場所を教えてもらった。

ナライは、それほど離れていない売春バーで客を拾っているという。鬼丸は蛭田を伴って、その店を訪れた。

タイ人のマスターのほかには、ナライしかいなかった。ナライは明らかに三十歳過ぎだった。三十四、五歳だろうか。平凡な顔立ちで、体も貧弱だった。

鬼丸は蛭田に夜の女を買えるだけの金を渡し、ナライをホテルの自分の部屋に連れ帰った。

鬼丸はロイアのことを話した。ナライはロイアの優しさに涙ぐみながら、ゆっくりと衣服を脱いだ。最近は、ひとりも客に恵まれない夜があるらしい。

鬼丸は約束の金は払うが、ナライを抱く気はないと告げた。そして、謝のことを知りたいだけだと付け加えた。

ナライは他人に哀れまれるのは屈辱だと怒り、何が何でも自分を抱けと強く迫った。鬼丸はナライの自尊心を傷つけたことを反省し、自分も裸になった。

十六歳のときから春をひさいできたというナライの肌は、すっかり瑞々しさを失っていた。表皮はたるみ、張りがなかった。性器の形も崩れていた。

ただ、さすがに舌技は巧みだった。男の性感帯を的確に刺激した。

鬼丸は欲望が膨れ上がると、正常位で体を繋いだ。ほとんど同時に、深い失望感を味わった。ナライの体は、ひどく緩かった。その部分を長いこと酷使してきたせいか、膣圧は信じられないほど弱かった。

鬼丸は何度か体位を変え、突きまくった。しかし、なかなか爆ぜる予兆は訪れなかった。快楽どころか、苦痛でさえあった。

鬼丸は汗塗れになりながら、腰を躍らせつづけた。

ナライも焦れはじめた。盛んに腰を使ったが、鬼丸は少しもそそられなかった。苦し紛れにマーガレットとの交わりを脳裏に蘇らせてみた。それで、鬼丸はようやく果てることができた。

ナライは不機嫌そうな表情でベッドを降り、シャワールームに直行した。鬼丸は身繕いしはじめた彼女から肝心なことを聞き出そうと試みた。

ナライは何も知らないと繰り返し、渡した紙幣の枚数を二度も数えた。そして、そのまま部屋から出ていった。よほどプライドを傷つけてしまったようだ。

鬼丸は自分の不明を恥じ、寝酒を飲んでから眠りについた。

目覚めたのは十数分前だった。午前十時を回っていた。

ターニヤ通りの売春バーで別れてから、蛭田から何も連絡はない。明け方まで娼婦と娯しみ、まだ眠りこけているのか。

鬼丸はソファに腰かけ、煙草に火を点けた。一服中に玄内から電話がかかってきた。留守中、彼に反町の動きを探ってもらっていた。

「翔、そっちに何か動きは？」

「それが全然ないんですよ。反町は『アースチルドレン』の事務局に寝泊まりしてて、笹塚の自宅マンションには戻ってません」

「そうか。反町が外出することは？」

「きのうは一度も表に出てきませんでした。それから、スタッフ以外の者が事務局に入った様子もありません。そちらはどうです？」

玄内が訊いた。鬼丸は経過を手短に話した。

「その李という男の証言で、反町と謝の繋がりがはっきりしたじゃないですか」

「まあな。しかし、その証言だけじゃ反町を追い込むことは難しい。きょうは謝の妻か息子を人質に取るつもりなんだ」

「うまくいくといいですね」

「仁と綿密な作戦を練るよ」

「そうですか。そうそう、彼女のことはきっぱりと諦めました」

「奈穂のことだな？」

「ええ。彼女に好きな男性がいるとはっきり言われちゃったら、アプローチしても無駄ですのでね」

「翔をけしかけたりして、悪かったな」

「いいんですよ。男は失恋するたびに成長するらしいから。それじゃ、また！」

玄内がことさら明るく言って、通話を切り上げた。

鬼丸は電話を切ると、シャワールームに入った。頭髪と体を洗い、ルームサービスで朝食を届けてもらった。

食事を摂り終えたとき、ドアにノックがあった。来訪者は蛭田だった。細い目が腫れぼったい。

「部屋に連れ込んだ女とたっぷり娯しんだようだな？」

鬼丸はからかった。

「ええ、まあ。まだ娼婦になりたての娘で新鮮だったんですよ。特別料金を払って、三ラウンドもこなしちゃいました」

「好きだな」

「鬼丸さんのほうはどうだったんです？」

「最悪だったよ。ナライから何か新情報を入手できるかもしれないと期待してたんだが、みごとに裏切られた」

「それじゃ、謝(シェ)を生捕りにしますか」

蛭田がそう言いながら、部屋の奥に向かった。

二人はソファに腰かけ、作戦を練りはじめた。部屋を出たのは十一時過ぎだった。

フロントでレンタカーを二台借りた。ボルボとランドクルーザーだった。鬼丸はボルボに乗った。

二台のレンタカーはルンピニ公園の横を抜け、サートン通りに進んだ。謝建保(シェジエンバオ)の自宅は、市街地から少し離れた高級住宅街にある。

二十分ほどで、目的の邸宅に着いた。

欧州風の白い館(やかた)が奥まった場所にそびえ、庭木が青々と繁っている。プール付きで、門(もん)扉(ぴ)の前には若いガードマンが立っていた。防犯カメラがあちこちに設置されている。邸内に忍び込むことは不可能だろう。

鬼丸は謝(シェ)邸を通過し、隣家の石垣にボルボを寄せた。蛭田は反対側の隣家の際(きわ)にランドクルーザーを停めた。

謝の息子のタムは、学校にいる時刻だ。鬼丸たちは外出する妻のメルグイを押さえることにしたのである。

メルグイが自宅にいるかどうかはわからない。鬼丸は偽電話で謝の後妻が在宅していることを確かめたい気もしたが、あえて思い留まった。相手に怪しまれ、警戒心を懐かれては元も子もない。

鬼丸たちは辛抱強く張り込みつづけた。

謝邸から銀灰色のロールスロイス・ファントムが出てきたのは、午後二時半ごろだった。鬼丸はバックミラーを見た。

ロールスロイスの後部座席には、着飾ったメルグイが乗っていた。ステアリングを操っているのは、中年のタイ人男性だ。お抱え運転手だろう。

ロールスロイスはゆっくりとボルボの脇を抜け、静かに遠ざかっていった。

鬼丸はレンタカーを発進させた。蛭田のランドクルーザーも走りだした。

超高級英国車は市街地に向かっている。鬼丸は、二台のレンタカーでロールスロイスを挟み込むチャンスをうかがった。しかし、車の量が多く、ロールスロイスの前に出る機会はなかった。

やがて、ロールスロイスはシーロム通りにあるセントラルデパートに横づけされた。

メルグイが運転手に何か告げ、車を降りた。そのまま彼女はデパートの中に入っていった。鬼丸はボルボを歩道に寄せ、すぐメルグイを追った。蛭田もランドクルーザーから出てきた。デパートに足を踏み入れた。

謝の美しい後妻はエレベーターホールに立っていた。

鬼丸はメルグイの背後にたたずんだ。香水の甘い匂いが漂ってきた。シャネルか、ディオールだろう。

数人の男女がメルグイの前にいた。少し待つと、蛭田がやってきた。

鬼丸たちはメルグイと同じ函に乗り込んだ。

メルグイは最上階でエレベーターを降りた。鬼丸たちも、彼女につづいた。最上階ではタイ・シルクの展示即売会が開かれていた。

メルグイは会場をゆっくりと巡り、店員を呼びつけた。何点かの商品を指さし、すぐに包ませた。

メルグイはカードで支払いを済ませると、銀製品売り場のある階に下った。さきほどと同じように数点の品を選び、店員にカードを渡した。銀製品は自宅に配送してもらうようだ。タイ・シルク製品の入った手提げ袋だけを手にして、メルグイは勘定場から離れた。それから彼女は同じフロアにある化粧室に入った。

鬼丸たちは女性用トイレに近づいた。

「おれ、メルグイが出てきたら、当て身を見舞いましょうか？」

蛭田が言った。

「それは、ちょっとまずいな」

「それじゃ、予定通りにどこかでメルグイを乗せた車を立ち往生させましょうか?」

「こいつを彼女の背中か脇腹に突きつけて、ピストルを持ってる振りをしよう」

鬼丸は上着の内ポケットから、ダンヒルのライターを摑み出した。

「そいつは名案ですね。それじゃ、おれはメルグイが化粧室から出てきたら、無言で彼女の片腕を摑みます。そしたら、鬼丸(オニ)さんはライターを突きつけてください」

「わかった」

「その後は、メルグイをホテルの部屋に連れ込むんですね?」

「そうだ。人質はボルボに乗せよう。そっちもボルボに乗ってくれ。ランドクルーザーは、後で取りにくればいいさ」

「そうします」

二人は口を結んだ。

数分待つと、メルグイが化粧室から現われた。周(まわ)りには誰もいない。

打ち合わせ通りに蛭田がメルグイの片腕を捉(とら)えた。鬼丸はメルグイが悲鳴をあげる前にライターを彼女の背に押し当て、英語で威(おど)した。

「突きつけてるのはライター型の小型拳銃だ。少しでも騒ぎ立てたら、容赦(ようしゃ)なく撃(う)つぞ」

「誰なの、あなたたちは？」

　メルグイの英語は滑(なめ)らかだった。

「事情があって、名は明かせない。運転手は、このデパートの駐車場で待ってるのか？」

「ええ、そうよ。わたしをどうする気なんです？」

「黙って一緒に来るんだ」

　鬼丸はメルグイに言って、蛭田に合図を送った。

　蛭田が無言でメルグイを引っ立て、エレベーターホールに導(みちび)いた。幸運にも、エレベーターを待っている客はいなかった。鬼丸たちは無人の函(ケージ)にメルグイを押し込み、一階まで下(くだ)った。メルグイを挟む形で歩き、デパートを出る。

「この女が逃げようとしたら、迷わずに撃て！」

　鬼丸は聞こえよがしに英語で言って、ライターを蛭田に渡した。蛭田がメルグイの脇腹にライターの先を強く押しつけた。メルグイが怯(おび)え、整った顔を引き攣(つ)らせた。

　鬼丸は先にボルボの運転席に入り、エンジンを始動させた。蛭田がメルグイを後部座席に押し込み、そのかたわらに坐った。

　鬼丸はレンタカーを走らせはじめた。泊まっているホテルまでは、ほんのひとっ走りだった。

　鬼丸は自分の部屋に謝(シェ)の妻を閉じ込め、ランジェリーだけにさせた。

「わたしにおかしなことをしたら、主人が黙っていないわよ」

「破廉恥なことはしないから、そうびくびくするな。それより、おれの質問に答えるんだ。反町潤一という日本人を知ってるな？」

「その方は『アースチルドレン』という難民救済組織の代表で、夫の友人だわ」

「やっぱり、そうだったか。あんたの夫は反町と結託し、シリア難民の子供たちを闇のサイトを使って、ひとり五十万バーツで歪んだ性癖を持つ里親に売ってるなっ」

「ま、まさか⁉」

メルグイが驚きの声を発した。心底びっくりしている様子だった。

「あんたは謝の裏の顔を知らないようだな。旦那は、ただの経済人じゃない。その素顔はバンコクの闇の帝王さ」

「そ、そんな……」

「これから、旦那の正体を暴いてやる。夫のスマートフオンを鳴らして、人質に取られたことを教えてやれ」

鬼丸は命じた。

メルグイが自分のスマートフォンを使って、夫に連絡を取った。早口のタイ語が中断したとき、鬼丸はメルグイのスマートフォンを奪い取った。すぐに英語で謝に語りかけた。

「おれの仲間が息子のタムも引っさらうことになってる」

「営利誘拐なんだな？」

「そうじゃない。反町のことで、あんたに訊きたいことがあるだけだ」

「おたく、日本人なのか」

「そうだ。いま現在、どこにいる？」

「ヤワラート通りのオフィスにいるよ」

「妻と息子がかわいかったら、三十分以内にこっちに来い！」

「そこは、どこなんだ？」

謝が問いかけてきた。鬼丸はホテル名と部屋番号を教えた。

「そのホテルなら、車で二十分もかからない。できるだけ早く行くから、妻に妙なことはしないでくれ、頼む！」

「とにかく、早く来い。刺客を連れてきたら、妻と息子を殺すぞ」

「わかってる、わかってるよ」

謝が電話を切った。鬼丸は、メルグイにスマートフォンを返した。

「あなたの仲間が息子のタムを誘拐するという話は？」

「はったりだよ。人質はひとりで充分さ」

「よかった！」

メルグイが胸を撫で下ろした。

鬼丸は煙草をくわえた。それから十分ほど過ぎたころ、蛭田が黙って部屋を出ていった。敵の奇襲を警戒したのである。

さらに七、八分が経ったとき、謝の利き腕を捻上げた蛭田が部屋に戻ってきた。謝が妻とタイ語で何か言い交わした。

鬼丸は謝に近づくなり、肝臓に強烈なパンチを叩きつけた。

謝が前屈みになり、膝から床に崩れた。蛭田が片膝を床に落とし、謝の顎の関節を外す。謝が涎を垂らしながら、床を転げ回りはじめた。

「主人に乱暴なことはしないで！」

メルグイが鬼丸と蛭田の顔を交互に見た。

二人は取り合わなかった。メルグイが泣きはじめた。鬼丸は蛭田に目配せした。蛭田がうなずき、謝の顎の関節を元に戻した。

鬼丸は上着の右ポケットにさりげなく手を滑り込ませ、ＩＣレコーダーの録音ボタンを押し込んだ。

「あんたは反町とつるんで、シリア難民少女たちを八十人近く闇の人身売買サイトを使って、変態気味の里親たちに売ったなっ」

「わたしは、まともな経営者だ。そんなことはしてない」

謝が心外そうに言った。

蛭田が無言で謝を摑み起こし、バックドロップを掛けた。さらにデス・マッチ屋は、謝の体を壁や床に何度も叩きつけた。

「もうやめてくれーっ。反町に元手のかからないビジネスがあると持ちかけられて、つい話に乗ってしまったんだ」

「総額でいくら儲けた？」

「まだ二億円弱だ。反町と儲けを折半してるんで、わたしの取り分は一億そこそこだよ」

「売った子供たちを全員買い戻して、まともな福祉施設に入れてやれ。約束を破ったら、ひとり息子のタムを引っさらって、少年好きのおっさんに売っちまうぞ」

「そ、そんなことはやめてくれ。タムは大事な跡取りなんだ。売っ払ったシリアの子供たちは必ず買い戻す」

「あんたの言葉をすんなり信じるわけにはいかないな。ベッドの上で、美人妻のデリケートゾーンを舐めまくれ」

「人の見ているとこで、そんなことはできない」

「やるんだっ」

鬼丸は謝の腹を蹴りつけ、ＩＣレコーダーの停止ボタンを押した。

謝が体を丸めて、長く唸った。蛭田が謝を摑み起こし、メルグイの足許に這いつくばらせた。メルグイがタイ語で夫に何か言った。

謝(シェ)が苛立(いらだ)たしげに何か怒鳴(どな)り返し、荒々しく妻のパンティーを引きずり下ろした。それから彼は、メルグイの性器に顔を埋(うず)めた。

「保険の撮影に取りかかるか」

蛭田が上着のポケットからスマートフォンを取り出し、動画撮影を開始した。

鬼丸はソファに腰かけ、煙草を吹かしはじめた。

4

音声が途切れた。

鬼丸は録音音声を停止させた。万里江の自宅マンションの居間である。

バンコクから帰国した翌日の午後二時過ぎだった。きょうは日曜日だ。

「謝(シェ)という男が喋ってることは事実なんでしょうか？」

万里江が問いかけてきた。

「ええ、間違いないでしょう」

「反町も堕ちるところまで堕ちてしまったのね。謝(シェ)とかいう男と組んで、シリア難民の少年少女を八十人近くも問題のある里親に売っていたのですから」

「地雷で体が不自由になってしまったんで、捨て鉢な気持ちになったんでしょう。挫折(ざせつ)もなく順調に生きてきた人間は何か大きな問題にぶつかったりすると、案外、脆(もろ)いですからね」

「それにしても、ひどい変わりようだわ。反町は愛人の香織さんと共謀して、彼女の夫から三億円の預金小切手を脅し取った疑いもあるわけでしょ？」

「ええ、そうですね。そして、あなたの弟さんと香織を誰かに始末させた疑いもあるんです」

「裕樹のことで、鬼丸さんに話しておかなければならないことがあります」

「なんでしょう？」

鬼丸は言って、マイセンのコーヒーカップを持ち上げた。

「実はきのう、弟と同棲していた風俗嬢から電話がかかってきまして、現金五百万円を預かっているというんです」

「五百万円も⁉」

「ええ。その話を聞かされたとき、わたし、弟が反町から口止め料を脅し取ったのではないかと直感しました。それから、裕樹は反町が雇(やと)った犯罪のプロに……」

「その風俗嬢は裕樹君が殺されたんで、五百万円を預かってることが怖くなったわけか」

「ええ、そう言っていました。わたし、琴羽(ことは)という娘(こ)に会いに行こうと思ってるんです」

「あなたが動くのは危険だな。敵の目がどこにあるかわからないからね」

「でも、琴羽さんは弟の死に関わることを知っていそうな気がするんですよ」

「あなたの代わりに、こっちが琴羽という風俗嬢に会いに行きましょう。その娘の自宅の住所は？」

「新宿区大久保二丁目にある『カーサ大久保』というマンションの四〇五号室に住んでるそうです」

万里江が言った。鬼丸は必要なことをメモした。

「琴羽さんは預かっている五百万円をわたしに受け取ってほしいと言ってきたのですけど、こちらも困惑してるんです。犯罪絡みのお金のようですからね」

「その可能性はありそうだな」

「その五百万円、警察に渡したほうがいいんでしょうか？」

「警察は金の出所を徹底的に調べて、裕樹君が強請を働いてたかどうかまで洗い出すでしょう。そうなったとき、あなたの弟さんの名誉が……」

「裕樹が恐喝で五百万円を得ていたのなら、それは当然の報いです。わたし、琴羽さんが預かっているお金を警察に届けます。いけませんか？」

「あなたがそう判断したんだったら、あえて反対はしません。琴羽という娘から五百万を受け取ったら、あなたに届けましょう」

「ご面倒でしょうけど、そうしてもらえますか」

「わかりました」

「よろしくお願いします」

万里江が頭を垂れた。

それから間もなく、鬼丸は辞去した。『参宮橋アビタシオン』を出て、路上に駐めておいた四輪駆動車に乗り込む。

すぐに鬼丸は大久保に向かった。二十数分で、目的のマンションに着いた。八階建ての賃貸マンションだった。

鬼丸はレンジローバーをマンションの近くに駐め、四〇五号室に急いだ。インターフォンを鳴らすと、若い女の間延びした声がスピーカーから流れてきた。

「はーい。どなた？」

「吉永万里江さんの代理の者です」

「例のものを取りに来てくれたのね？」

「ええ、まあ」

「いま行きます」

「よろしく！」

鬼丸は少しドアから離れた。

待つほどもなくドアが開けられ、二十一、二歳の丸顔の女が現われた。化粧っ気はなかった。黒いスウェットの上下を身につけ、赤いフリースを重ねている。

「琴羽さんだね？」

「うん、そう。とりあえず、部屋の中に入って。あたし、素顔（スッピン）だから、マンションに住んでる連中に見られたくないのよ。メイクしてるときは別人みたいになっちゃうからさ」

「それじゃ、入らせてもらおう」

鬼丸は室内に足を踏み入れた。間取りは１ＬＤＫだろう。それほど広くなかった。

「おたく、裕樹のお姉さんの彼氏？」

「いや、ただの知り合いだよ」

「ふうん。ちょっと待ってて。いま、例の五百万円を持ってくるから」

琴羽がそう言い、部屋の奥に走った。

鬼丸は足許を見た。男物の靴は一足もなかった。風俗嬢は目下（もっか）、独り（ひと）暮らしをしているようだ。

琴羽が戻ってきた。茶色い蛇腹（じゃばら）封筒を胸に抱えていた。中央の部分が膨（ふく）らんでいる。鬼丸は蛇腹封筒を受け取り、中身を検（あらた）めた。帯封の掛かった札束が五つ収められている。

「これを預かったのは、いつなんだい？」

「三週間ぐらい前だったかな。裕樹が急に訪ねてきて、五百万をしばらく預かってくれと言って置いていったの」

「そのとき、裕樹君は金について、どんなふうに言ってた？」

「知り合いの男が出世払いで貸してくれたんだと言ってたわ。なんでも中堅の音楽制作会社と共同出資して、ＣＤのミニアルバムを出すことになったんだとか」

「そう。きみは、その話を聞いて、どう思った？」

「作り話というか、嘘だと思ったわ。だってさ、もう裕樹は音楽に見切りをつけてた感じだったのよ。だから、彼は挫折感から女遊びを繰り返して、あたしを苦しめつづけたんだと思う。あたしも嫉妬（しっと）で発狂しそうだったから、裕樹の顔をカッターナイフで……」

琴羽が下を向いた。

「厭（いや）なことまで思い出させてしまったな」

「ううん、へっちゃらよ。あたし、あまりへこんだりしないから。裕樹と別れてから、ものすごく勁（つよ）い女になったの。弱っちいままじゃ、他人に利用されたり、なめられたりするじゃない？」

「ま、そうだね」

「なんか話が逸（そ）れちゃったけど、その五百万は誰かから脅し取ったんじゃないのかな。裕樹は冗談めかして、『おれは、でっかい貯金箱を手に入れたんだ』なんて言ってたの。だからさ、あたしは危（ヤバ）いお金を預かるのはまずいと考えたわけ。それでね、裕樹のお姉さんに電話したのよ」

「そうだったのか。この五百万は責任を持って、裕樹君の姉さんに届けるよ」

「うん、お願いね。あたし、なんか気持ちが軽くなったわ。警察は苦手なの。あたし、高二の秋に家出しちゃって、久里浜(くりはま)の実家には居所(いどころ)も教えてないのよ」

「家出の理由は？」

「女暴走族(レディース)のリーダーがあんまりでかい面(つら)してたんで、その先輩をぶっ飛ばしちゃったの。それで、頭の毛と陰毛をターボライターの炎で焼いてやったのよ。そんなわけで、地元にゃいられなくなっちゃったわけ」

「そうか。ま、愉(たの)しく生きてくれ」

鬼丸は琴羽に笑顔で言い、四〇五号室を出た。

車に乗り込むと、札束入りの蛇腹封筒を助手席に置いた。それから、『アースチルドレン』の事務局に電話をかける。

受話器を取ったのは若い男だった。鬼丸は新聞記者を装(よそお)い、反町に取り次(つ)いでほしいと頼んだ。すぐに太腿(ふともも)の上にICレコーダーを置き、反町が電話口に出るのを待つ。

「お待たせしました。反町です。どういった取材でしょう？」

「まず、この音声を聴(き)いてくれ」

鬼丸は再生ボタンを押し、スマートフォンをICレコーダーに近づけた。

反町はどんな顔で、謝(シェ)の自白音声を聴いているのか。鬼丸は、思わずほくそ笑(え)んだ。

やがて、音声が熄(や)んだ。

鬼丸はICレコーダーの停止ボタンを押し、スマートフォンを口許に近づけた。

「あんた、とんでもない難民救済活動をしてたんだな」

「な、何者なんだ⁉」

反町の声は上擦(うわず)っていた。

「もう察しがついてるだろうが」

「見当もつかない。それに男が喋ってることは、まったくのでたらめだ。悪質な中傷だよ」

「そんなことを言ってもいいのかっ。おれは、あんたが人身売買で儲けた約二億円を謝(シエ)と山分けし、どんな方法で汚れた金を受け取ったかもわかってるんだ。ちゃんと証拠も押さえてある」

鬼丸は自信たっぷりに言った。むろん、はったりに過ぎない。

反町の狼狽(ろうばい)ぶりがありありと伝わってきた。

「報道写真家も、ずいぶん堕落しちまったな。あんたはシリア難民の子供たちをダーティー・ビジネスの餌食(えじき)にしてただけじゃない。愛人の香織と結託して、彼女の旦那に他人の口座から三億円を不正に引き出させて、預金小切手をまんまと手に入れた」

「なんの話をしてるんだ⁉」

「黙って聞け！　あんたの彼女だった香織は、逆援助交際クラブ『エンジェル』の会員だった。そのクラブの代表は吉永裕樹だ。かつての義弟の名前を忘れたとは言わせないぞ」

「…………」

「吉永は、あんたと香織の悪事を知って、五百万円の口止め料を脅し取った。このままでは身の破滅と考えたあんたは殺し屋(プロ)に吉永を始末させ、さらに香織の口も封じた。どこか間違ってるか？」

「すべて身に覚えがないな」

「悪党め！　あんたは別れた妻の吉永万里江が弟から何か聞いているかもしれないと不安になって、彼女を誰かに拉致させようとしたり、車のブレーキオイルを抜かせたんじゃないのかっ」

「あまりにも話が荒唐無稽(こうとうむけい)なんで、怒る気にもならないね。あんた、頭がおかしいようだな。精神科医のカウンセリングを受けたほうがいいんじゃないか」

「いまの言葉をそっくりあんたに返そう」

「わたしの精神は健全そのものさ。だから、ボランティア活動ができるんだ」

「偽善者め」

「悪質ないたずら電話、二度とかけてくるな」

「シラを切り通すつもりらしいな。なら、さっきの録音音声をマスコミ全社に流すことにしよう」

鬼丸は言った。

「やっぱり、偽の新聞記者だったな。あんたは薄汚い恐喝屋なんだろ？　いくら欲しいんだっ」

「さっき身に覚えのない話だと言ったはずじゃないか」

「もちろん、身に覚えなんかないさ。しかし、妙な録音音声を悪用されるのは迷惑だからな。数十万の金なら、くれてやってもいい」

「ついにボロを出したな。謝(シェ)の自白音声には、もっと価値があるはずだ」

「百万、いや、二百万でＩＣレコーダーのメモリーを買い取ってもいい」

「星野守広から脅し取った三億円とシリア難民少女たちの人身売買ビジネスで儲けた約一億円をそっくり吐き出しても、まだ足りないな」

「ふざけるな。話にならん！」

反町が怒鳴(どな)り、乱暴に電話を切った。

鬼丸はスマートフォンを懐に戻し、ＩＣレコーダーをグローブボックスの中にしまった。揺さぶりに対して、反町は何らかのリアクションを起こすはずだ。そのときこそ、とことん締め上げ、悪事を吐かせてやろう。

鬼丸は車をスタートさせ、『参宮橋アビタシオン』に引き返しはじめた。

数十分で、万里江の自宅マンションに着いた。だが、部屋の主は留守だった。

近くに買物に出かけたのか。それとも、万里江の身に何か起こったのだろうか。

鬼丸は六〇六号室の前で、万里江のスマートフォンを鳴らしてみた。ややあって、万里江の応答があった。

「いま、あなたの部屋の前にいるんです。琴羽という娘から五百万を受け取ってきました」

「ご苦労さまです」

「ショッピングですか？」

「いいえ、そうじゃありません。これから、反町に会いに行くつもりです。弟の死に反町が絡んでいるのかどうか、やっぱり直に彼に確かめたいんです」

「駄目だ、そんなことをしては。吉永さん、自宅に引き返してください」

「わたしは行きます。もしも、わたしの身に何かあったら、『エコープランニング』の資本金から成功報酬の三百万円を受け取ってくださいね」

「何を言ってるんだ。とにかく、自宅に戻ってください」

鬼丸は大声を張り上げた。しかし、すでに電話は切られていた。鬼丸はリダイヤルキーを押した。だが、万里江のスマートフォンの電源は切られていた。

鬼丸はエレベーター乗り場に急ぎ、一階に降りた。レンジローバーに飛び乗り、代々木に向かう。

雑居ビルの近くに、万里江のアルファロメオは見当たらない。鬼丸は車を路上に駐め、雑居ビルの五階に上がった。

『アースチルドレン』の事務局に無断で押し入る。スタッフの男女が七、八人いたが、反町や万里江の姿はなかった。

「反町はどこに行ったんだっ」

鬼丸はスタッフの顔を一つずつ睨みつけた。誰もが鬼丸に気圧された様子で、一斉に目を伏せた。

「ちょっと前に吉永万里江という三十代前半の女性がここに来なかったか？　彼女は反町の別れた奥さんなんだ」

「そういう女性は訪ねてきませんでしたが、十分ほど前に反町代表に電話がありました。その後、代表は慌てて外出したんです。行き先は言いませんでした」

大学生と思われる青年が目をしばたたかせながら、気弱そうに小声で言った。

鬼丸は難民救済組織の事務局を飛び出し、大急ぎでエレベーターに乗り込んだ。車で周辺を走り回ってみたが、反町や万里江の姿は目に留まらなかった。

鬼丸は笹塚に向かった。二十分そこそこで、反町の自宅マンションに着いた。車を降り、マンションの集合郵便受けに走り寄った。

反町の部屋は九〇一号室だ。郵便物がポストから食み出していた。

表玄関はオートロック・システムではない。鬼丸は勝手にエントランスロビーに入り、エレベーターで九階に上がった。

ピッキング道具を使って、九〇一号室に忍び込む。室内には誰もいなかった。鬼丸は、ついでに部屋の中をざっと物色してみた。

しかし、一連の事件と結びつきそうな物は何も見つからなかった。間取りは２ＬＤＫだった。じっくり探せば、何か収穫があるかもしれない。鬼丸はそう思いつつも、九〇一号室に長く留まっていることはできなかった。依頼人の安否が気がかりだったからだ。

鬼丸は自分の車に駆け戻ると、代々木に引き返した。雑居ビルからは死角になる場所にレンジローバーを停め、反町が戻るのを待った。

一時間が過ぎ、二時間が流れた。

それでも、堕落した報道写真家は事務局に戻ってこない。鬼丸は不吉な予感を覚え、カーラジオのスイッチを入れた。

忙しく選局ボタンを押しつづけたが、あいにくニュースを報じている局はなかった。やむなくソウルミュージックをぼんやりと聴きながら、ニュースの時間を待った。

八時を過ぎても、万里江に関する事件報道は流されなかった。悪い予感を覚えたが、杞憂だったのか。

鬼丸は、また万里江のスマートフォンを鳴らしてみる気になった。登録電話番号を呼び出そうとしたとき、警視庁の堤から電話がかかってきた。

「鬼丸ちゃん、依頼人の吉永万里江が殺されたぜ」

「ええっ」

「たったいま、警察無線で事件のことを知ったんだ。依頼人は代々木公園内で頭部をライフル弾で撃たれて、即死したみてえだな」

「なんてことなんだ。反町が殺し屋（プロ）にやらせたにちがいない」

鬼丸は確信を深めながら、経緯（いきさつ）を語りはじめた。

危機を抹消（まっしょう）する前に依頼人が殺害されたのは初めてのケースだ。ショックと敗北感は長く尾を曳（ひ）きそうだった。

だからといって、このまま尻尾（しっぽ）を巻いたら、ギャングハンターの名折（なお）れだ。鬼丸は命懸けで敵と闘う決意を密かに固めていた。

第五章　複雑な連鎖関係

1

インターフォンが鳴った。

鬼丸は居間のソファから立ち上がって、玄関ホールに向かった。万里江が射殺された翌日の午後二時過ぎである。

鬼丸はドア・スコープに片目を押し当てた。

来訪者は堤刑事だった。鬼丸は前夜、電話で堤に代々木公園射殺事件の捜査情報を集めてくれるよう頼んであったのだ。

ドアを開け、堤をリビングソファに坐らせる。緑茶を淹れてから、鬼丸は堤と向かい合った。

「正午過ぎに吉永万里江の司法解剖が終わったんだ」

堤が先に口を開いた。

「彼女は即死だったんでしょう？」

「ああ。頭部に被弾した直後に死んだらしい。ほとんど苦痛を感じる間はなかったんじゃねえのかな」

「それが、せめてもの救いですね。それで、凶器は？」

「わかったよ。ライフルマークからレミントンM700スナイパーライフルと判明したんだ」

「そうですか。報道によると、黒いキャリーケースを持った大柄な男が事件現場から立ち去ったようですが……」

「ああ、そいつが犯人だろうな。大柄な男は黒いフェイスキャップを被って、SWATスーツを着用してたらしい」

「外国人なんでしょうか」

「目撃者たちの証言によると、日本人みたいだな。そいつは被害者から七十メートルも離れた場所から、たったの一発で仕留めてる。元自衛官か、フランス陸軍の外人部隊にいたのかもしれねえな。どっちにしても、たいした射撃術だ」

「テレビニュースによると、犯人は悠然と立ち去ったみたいですが、仲間の車が近くで待機してたんですかね」

「そのあたりの目撃証言はねえらしいんだ。しかし、おそらく鬼丸ちゃんの言った通りだったんだろうな。それから反町は事情聴取で、別れた妻の万里江と園内で立ち話をしてたことを認めたそうだよ」

「話の内容について、反町はどんなふうに答えたんでしょう？」

「万里江に復縁を迫られてたんで、その話し合いを公園の中でしてたと供述してる」

「ふざけたことを言いやがる」

鬼丸は悪態をつき、煙草に火を点けた。

「初動捜査では、反町はまったく怪しまれてねえな。そこそこ名のある報道写真家だし、『アースチルドレン』の代表でもあるんで、捜査員たちは奴に疑いの目を向けなかったんだろう。お巡りの多くは社会的地位や名声を得た連中には、ちょっと甘いからな」

「ええ、そうですね。その反対に連中は弱者や貧者に対しては、どこか冷たい」

「権力者に擦り寄るタイプが警察官になりたがるんだよ」

「そうみたいですね。しかし、堤の旦那はそういう連中とは違います。むしろ、権力者には逆らいたいタイプでしょうね」

「そんなカッコいいタイプじゃねえって。おれは法網を巧みに潜り抜けてる奴らを追っかけるのが好きなんだ。ただ、それだけさ」

堤が照れて、日本茶を啜った。

鬼丸も喫いさしの煙草の火を揉み消し、湯呑み茶碗に手を伸ばした。

「反町が殺し屋(プロ)に元妻を始末させたことは間違いねえだろう。鬼丸ちゃんが推測した通り、反町は万里江が弟の裕樹から自分の悪事を聞いてると考え、前々から元妻を片づけなきゃと思ってたんだろうな」

「ええ、おそらくね。万里江から電話があって、弟を葬(ほうむ)ったのはあなたじゃないのかとストレートに詰問(きつもん)され、反町は元妻を消さなければと強く感じたんでしょうね。それで、代々木公園に狙撃手(そげきしゅ)を呼び寄せたんではないか」

「そうなんだと思うよ。事後承諾(じごしょうだく)になっちまったが、謝(シェ)の人身売買サイトのことはインターポールを通じてシリアの警察に伝えてもらったんだ。骨抜きにされてるタイの警察は動かなくても、謝(シェ)と反町が国際指名手配されることは時間の問題さ。鬼丸ちゃん、おれは余計なことをしちまったかな？」

「いや、そうしてもらってよかったんですよ。バンコクのホテルで謝(シェ)の弱みを押さえたんだが、奴が売り飛ばしたシリア難民少女たちを変態気味の里親から素直に買い戻すという保証はないですからね」

「鬼丸ちゃんからその話を聞いたとき、おれは謝(シェ)が八十人近い子供たちを買い戻す気にはならねえだろうなって思ったんだ。謝(シェ)はクンニしてるとこを撮影されたわけだが、その程度のことはたいした弱みにならない。たとえ淫(みだ)らな映像がインターネットで流されても、映ってる男女は自分たち夫婦によく似たカップルだとごまかすことも可能だ」

「そうですね。旦那の判断のほうが正しかったと思いますよ。それはそうと、反町が国際指名手配される前に決着をつけないと」

「そうだな。いまは、デス・マッチ屋が『アースチルドレン』を張ってるのか？」

　堤が問いかけてきた。

「ええ、そうなんです」

「張り込み要員を増やしたほうがいいな。大男の蛭田は目立つからさ。玄内の坊やとおれの三人で交代で張り込むよ」

「そうしてもらえると、助かります。それじゃ、翔に午後七時ごろまで張り込んでもらって、そのあと旦那にバトンタッチしてもらいますか」

「いいが、なんかまどろっこしい気もするな。おれの警察手帳（パス）を使えば、すぐに反町を生（いけ）捕（ど）りにできるのに」

「それはわかってるんですが、現職の旦那が懲戒免職になったら、ちょっと困りますからね」

「そうなったら、おれは鬼丸ちゃんの裏仕事に専念するよ」

「裏稼業は危険だらけだから、堤さんを専任にさせるわけにはいきません。旦那は、まだ子育てが終わってない」

「倅（せがれ）と娘が大学を卒業するまでは死ぬわけにはいかねえか」

「そうですよ。そこまでは親の務めでしょうからね」

「ま、そうだろうな。大学を出ても、二人ともパラサイトシングルで親の細い脛を齧りそうだがね」

「だったら、なおさら長生きしなきゃ」

「そういうことになるのか。あと何年も蟻みてえに働かなきゃならないわけだ。男親の務めも、しんどいな」

「その分、家庭の温もりを味わえるんですから、せっせと働くんですね」

　鬼丸は言った。

「そうするか。玄内の坊やには、そっちから連絡してくれや」

「わかりました」

「それじゃ、おれは桜田門に戻るよ」

　堤が腰を上げた。

　鬼丸は堤を玄関先まで見送ると、玄内に電話をかけた。これまでの経過を話し、張り込み要員に加わってほしいと頼んだ。

「喜んで手伝わせてもらいます」

「恩に着るよ。三人とも本業があるのに、いつも快く手を貸してくれてる。ありがたいことだと思ってるよ」

「改まってそんなことを言われると、なんか調子狂っちゃうな。おれ自身も愉しませてもらってるんだから、どうかお気遣いなく！　三時には、蛭田さんと交代できると思います」

玄内が通話を切り上げた。

鬼丸はソファの背凭れに寄りかかり、また紫煙をくゆらせはじめた。ふた口ほど喫ったとき、蛭田から電話がかかってきた。

「鬼丸さん、意外な展開になってきました。『シャングリラ』のオーナーが、ついさっき『アースチルドレン』の事務局に入っていったんですよ」

「なんだって⁉　仁、本当に御木本さんだったのか？」

思わず鬼丸は訊き返した。

「ええ、間違いありません。御木本社長とは店で何度か顔を合わせてますんでね。オーナーがボランティア活動をしてるって話を聞いたことは？」

「一度もない。なんか頭が混乱しそうだな」

「御木本オーナーは、反町を訪ねたのかもしれませんね。だとしたら、二人はどういうつき合いなんでしょう？」

「まるで見当がつかないな。どう考えても、二人に接点はなさそうだからさ」

「そうですね。多分、二人には共通の知り合いがいるんでしょう。その人を介して交友がはじまったんじゃないのかな」

「そうなんだろうか」

「鬼丸さん、誰か思い当たる人物は？」

「いないな。報道写真家と元カーレーサーのナイトクラブ経営者を結びつける人物なんて、どう考えても思い当たらないよ」

「御木本オーナーは、シリアに行ったことがあるんじゃないですか？」

「さあ、どうなのかな。御木本さんはヨーロッパ各地やアメリカにはよく行ってたが……」

「そうですか」

「ちょっと待てよ。先輩はカーレーサー時代に確か若い女性ビデオジャーナリストとつき合ってた時期があるな。その女性の名前までは知らないが、ちょくちょく海外に出かけてるんで、月に一度ぐらいしかデートできないとぼやいてたんだ」

「オーナーが離婚したのは、その彼女じゃありませんよね？」

「ああ、別人だよ」

「反町もたびたび海外取材に出かけてた。現地の取材先で、御木本オーナーの元恋人と知り合ったとは考えられませんか？」

蛭田が言った。

「それは考えられるな」

「きっとそうにちがいありませんよ。その女性ビデオジャーナリストが日本で御木本社長と反町を引き合わせたんじゃないのかな」

「そうなのかもしれない。仁、翔から電話があったか？」

「ええ、ありました」

「翔がそっちに着いたら、仁は張り込みを切り上げてくれ。午後七時まで翔に、その後は堤の旦那に張り込んでもらうことになったんだ」

「三人が交代で張り込みや尾行をするってわけですね？」

「そうだ。仁ひとりじゃ、反町に覚(さと)られやすいからな」

「了解しました」

「御木本先輩が雑居ビルから出てきても、尾行する必要はないからな。仁は、あくまでも反町をマークしてくれ」

「ええ、そうします」

「それじゃ、よろしく頼むな」

鬼丸はスマートフォンをコーヒーテーブルの上に置き、腕を組んだ。

御木本は、なぜ『アースチルドレン』の事務局を訪ねたのか。ふたたび鬼丸は考えはじめた。御木本は末期癌(がん)で余命がいくばくもないことを知って、殊勝(しゅしょう)にも難民救済活動に力を傾ける気になったのだろうか。クールな個人主義者が本気でボランティア活動に励む気になるとは考えにくい。

　何か別の理由があって、反町と接触しているのだろう。まさか御木本がシリア難民少年少女の人身売買に関わっているとは思えない。だとしたら、『シャングリラ』のオーナーは、なぜ『アースチルドレン』の事務局を訪ねる必要があったのか。

　あれこれ思いを巡らせているうちに、いつの間にか振り出しに戻ってしまった。鬼丸は苦笑して、煙草をくわえた。

　ライターを手にしたとき、また蛭田から連絡が入った。

「いま雑居ビルから反町と御木本オーナーが一緒に出てきて、すぐ近くにある喫茶店に入っていきました」

「二人の様子は？」

「歩きながら、なんか深刻そうな表情で話し込んでました。二人は割に親しそうに見えたな。少なくとも、一、二回会った程度じゃなさそうな感じです」

「そうか」

「おれ、サングラスをかけて、反町たちがいる喫茶店に入ってみましょうか。もちろん、御木本社長には背中を向けて席に坐りますよ。うまくすれば、二人がどんな話をしてるか聞き取れるでしょ？」

「しかし、仁は雲を衝くような大男だから、オーナーに必ず気づかれるだろう。そのまま車の中にいてくれ」

鬼丸はそう言い、電話を切った。

そのすぐ後、部屋のインターフォンが鳴り響いた。車のセールスか何かだろう。

鬼丸はソファから立ち上がらなかった。

インターフォンは、いっこうに鳴り熄まない。鬼丸は舌打ちして、ソファから離れた。

玄関に急ぎ、ドア・スコープを覗く。

誰も見えない。だが、ドアの横に人のいる気配がする。刺客が壁にへばりついているのかもしれない。鬼丸は身構えながら、スチールのドアを細く開けた。次の瞬間、ドアの端に大きな手が掛かった。黒革の手袋を嵌めている。

ドアが外側に強く引かれた。暴漢はドアを抉あけて、室内に押し入る気なのだろう。

力較べをしていると、ドアの隙間から別の手が差し込まれた。

ハンティング・ナイフが握られている。刃渡りは十四、五センチだ。よく磨き込まれ、青白い光を放っていた。

鬼丸はノブを握った手の力をいったん抜き、すぐ強く手前に引いた。襲撃者がフレームとドアの間に右手首を挟まれ、唸り声を発した。

鬼丸は両手でドア・ノブを力まかせに引っ張った。

暴漢の手からハンティング・ナイフが落ちた。刃物はほぼ垂直に三和土に落下し、無機質な音を刻んだ。

鬼丸は肩口でドアを押した。

と、ドアが暴漢にもろにぶつかった。鬼丸はハンティング・ナイフを拾い上げ、勢いよく歩廊に躍り出た。

すぐ目の前に、黒いフェイスキャップを被った巨漢が立っていた。

「そっちの雇い主は反町潤一だなっ」

「…………」

「何か言え！」

鬼丸はハンティング・ナイフを中段に構えた。

そのとき、男が黒いバトルジャケットから何か取り出した。数秒後、暴漢の手許から乳白色の噴霧が迸った。ほとんど同時に、鬼丸は瞳孔に痛みを感じた。

涙が滲み、目を開けていられない状態になった。瞼を閉じたとき、鬼丸は利き腕を蹴られた。刃物が手から飛んだ。

「あんたたち、そこで何をしてるの！　一一〇番するわよ」

中年女性の声が鬼丸の背後で響いた。マンションの入居者だろう。フェイスキャップで顔面の半分を隠した大男がハンティング・ナイフを拾い、エレベーターホールに向かって走りだす気配が伝わってきた。

鬼丸は、すぐにも追いかけたかった。しかし、まだ目を大きく開けることができない。

「何があったんです？」

同じ階に住む主婦が走り寄ってきて、心配そうに訊いた。

「こちらにも、よく事態が呑み込めないんですよ。ドアを開けたら、いきなり襲われたもんで」

「あっ、目が痛いわ。さっきの男、催涙スプレーを撒き散らしたんでしょ？」

「そうみたいですね。もっと離れたほうがいいですよ。どうもご迷惑をかけました」

鬼丸は入居者に詫び、自分の部屋に戻った。壁伝いに洗面所に進み、湯水で目を何度も洗う。それで、鬼丸はようやく目が見えるようになった。

逃げた大男が代々木公園で万里江を射殺したのだろう。なぜ、彼は拳銃を使わなかったのか。刃物で威嚇しながら、自分をどこかに連れ去るつもりだったらしい。

鬼丸は居間に移った。

ちょうどそのとき、またもや蛭田から電話があった。

「反町たちが喫茶店から出てきて、すぐに右と左に別れました。反町は雑居ビルに戻り、御木本社長は反対方向に歩いてます」

「そうか。もう少ししたら、電話でオーナーに探りを入れてみるよ」

鬼丸は電話を切った。

三十分ほど経過してから、彼は御木本のスマートフォンを鳴らした。

「よう、鬼丸！　どうした？」

「四十分ほど前だったかな、おれ、先輩を代々木の雑居ビルの中で見かけましたよ」

「えっ」

「ちょうど『アースチルドレン』という難民救済組織の事務局から出てくるとこを見たんですが、連れがいたんで、つい声をかけそびれてしまったんです」

「そうだったのか」

「先輩と一緒にいたのは、報道写真家の反町潤一でしょう？」

「う、うん」

「やっぱり、そうだったか。御木本先輩が反町と親しいとは知りませんでした」

「別に個人的なつき合いはないんだ。『アースチルドレン』の活動には共感できる部分があるんで、少しばかりカンパしてるんだよ」

「どうして、そのことをおれに教えてくれなかったんです？」

「いちいち他人に自慢たらしく話すことじゃないからな」

御木本が言った。少しうろたえている様子だった。何か隠していることがあるにちがいない。

鬼丸はそう感じながら、話題を転じた。

2

近くには誰もいない。

鬼丸はピッキング道具を用いて、素早く社長室に忍び込んだ。『シャングリラ』である。

まだ午後七時を回ったばかりだった。営業中だが、客はひと組しか入っていなかった。

鬼丸は小型懐中電灯の光で足許を照らしながら、執務机に近づいた。何時間か前に電話で探りを入れたとき、御木本は明らかに狼狽していた。

鬼丸は、どうしてもオーナーの狼狽の理由が知りたかった。反町のような善人面をした悪党とつき合いがあったこと自体、なんとなく不愉快だった。

鬼丸は両袖机の右引き出しを次々に開けてみた。『アースチルドレン』に御木本が寄附をしたことを裏付ける伝票は一枚も見つからなかった。オーナーは自分の小遣いの中からカンパをし、領収証も貰わなかったのか。

寄附をすると、その分だけ課税を控除される。事業家がそうした節税対策を知らないわけはない。また、特典を利用しないのも不自然なことだ。

御木本が『アースチルドレン』の活動に共感し、少しばかりカンパをしているという話は苦し紛れの嘘だったのかもしれない。いったい先輩は、どんな利害で反町と繋がっているのか。

鬼丸は右袖の引き出しをチェックし終えると、左袖の最上段の引き出しを開けた。社判や社長印の奥に銀行の振込伝票の控えがあった。

鬼丸は振込伝票の控えを手に取った。ちょうど十日前に、御木本は反町の個人口座に三百五十万円を振り込んでいる。

カンパ金にしては少々、額が大きい気がする。御木本は反町に何かを依頼したのではないか。しかし、反町は頼まれたことをいっこうに実行しなかった。それで御木本は昼間、『アースチルドレン』の事務局を訪ね、反町をせっついたのではないか。

そうだとしたら、店のオーナーは反町に何を頼んだのか。

鬼丸は振込伝票の控えを元の場所に戻し、二番目の引き出しを開けた。そこには、ミニアルバムが入っていた。

鬼丸はミニアルバムの頁を繰った。被写体は二十五、六歳の理知的な美人だった。紛争地でのスナップ写真が多い。キャプションで、写っている女性は額賀さつきという名であることがわかった。御木本の独身時代の恋人のビデオジャーナリストだろう。

ミニアルバムの余白の頁に一枚の古ぼけた写真が挟まれていた。被写体は中東系の若い男で、髭の剃り痕が黒々としている。

よく見ると、写真には無数の小さな穴が空いていた。虫ピンか何かで突き刺したのだろう。

鬼丸は外国人の顔写真を裏返してみた。

御木本の筆跡で、〈神よ、ムスファ・ザマニに裁きを！〉と書いてあった。どうやら顔写真の男は、額賀さつきと何か関わりがあるようだ。

ムスファ・ザマニという氏名から察すると、パキスタン人だろうか。御木本と反町の結びつきを考えると、被写体はパキスタン人と思われる。

額賀さつきとムスファ・ザマニの間に、いったい何があったのか。御木本は、写真の男を憎んでいる様子だ。鬼丸はミニアルバムを引き出しの中に戻し、左袖の最下段まで検めた。ほかには手がかりになりそうな物はなかった。

鬼丸は執務机から離れ、静かに社長室を出た。更衣室に入ろうとしたとき、奈穂に見つかってしまった。

「先生、今夜はずいぶん早いんですね」

「早めに店に入って体を温めておかないと、指が縺れるからな」

「やだ、年寄りみたいなことを言ってる」

「四十歳だから、もう若いとは言えないさ」

「あんまり寂しいことを言わないでください」

「おれは、なんとなく長生きできないような気がしてるんだ。だから、気分はもう晩年って感じだな」

「どうしてそんなふうに思っちゃうのかしら？」

「世の中や人間の裏表を見過ぎたので、心に澱のようなものが厚く溜まってるんだろうな。それで、充分に生きてきたって気持ちになるのかもしれない」

「先生、しぶとく生き抜いてくださいよ。周りの人たちに健康オタクと笑われるぐらいに体を大事にしてほしいわ。先生に早死にされちゃったら、わたし、後追い自殺しちゃいそうだから」

「そんなふうに言ってる人間が実際に死ぬケースは稀だ。本気で人生におさらばしたいと思ってる奴は、ひっそりとこの世から消えていくもんさ。自殺なんて言葉は軽々しく使わないほうがいいな。もっと生きたくて難病と闘ってる人たちが大勢いるんだから」

鬼丸は、やんわりと窘めた。

「ええ、その通りですね。わたし、ちょっと軽薄でした。でもね、好きな男性が死んでしまったら、悲しくてやり切れなくなるでしょう」

「それはそうだろうが」

「想い出だけをよすがに生きるのなんて、哀し過ぎますよ。たとえ恋が実らなくても、愛しい相手が同じ空の下で呼吸をしていると考えれば、辛さや切なさには耐えられます」

「堂々巡りだな」

「あっ、ごめんなさい。別に先生の同情を誘うつもりはなかったんです。何遍も同じことを言いますけど、わたしは片想いでもいいんです。先生の顔を見てるだけでハッピーな気分になれるし、胸もときめくの。彼女のいる男性にそれ以上のものを求めたりしたら、罰当たりでしょ？」

「…………」

「あっ、いけない。また、先生を困らせてしまったわ」

奈穂が首を竦め、ゆっくりと遠ざかっていった。

鬼丸は更衣室に入り、タキシードに着替えた。まだ最初のピアノ演奏まで時間がある。長椅子に腰かけ、備え付けの二十四インチのテレビを点けた。チャンネルをＮＨＫ総合テレビに合わせると、ニュースが報じられていた。

画面には、パチンコの景品交換所が映っていた。板橋区内で発生した強盗殺傷事件が伝えられると、今度は画面に車のスクラップ工場が映し出された。

「きょうの午後五時二十分ごろ、パキスタン出身の男性が足立区西新井の勤務先で殺害されました」

男性アナウンサーが言葉を切った。鬼丸は画面を凝視した。

「勤務中に射殺されたのはムスファ・ザマニさん、三十六歳です。ザマニさんを狙撃して逃走中の犯人は黒いフェイスキャップを被った大柄な男でした。警察は、その男の行方を追っています。亡くなったザマニさんは三年前に来日し、不法就労をつづけていました。現在の職場には七カ月前に入ったようです。そのほか、詳しいことはわかっていません。次は天気予報です」

またもや画面が変わった。

鬼丸はテレビのスイッチを切って、煙草に火を点けた。御木本が反町に三百五十万円を支払って、ムスファ・ザマニの殺害を依頼したのだろうか。そして、反町はフェイスキャップを被った大柄な殺し屋にザマニを射殺させたのか。

鬼丸は煙草を喫い終えると、反町を張り込んでいる堤に電話をかけた。殺されたパキスタン人のことを伝え、自分の推測も語った。

「『シャングリラ』のオーナーは、昔の恋人の復讐をしたんじゃねえのかな」

堤が言った。

「復讐ですか。考えられますね。額賀さつきはパキスタンに滞在中に何か事件に巻き込まれた。その加害者がムスファ・ザマニだったのかもしれません」

「鬼丸ちゃん、きっとそうにちがいねえよ」

「御木本先輩はムスファ・ザマニの潜伏先を突きとめたくて度々、パキスタンやシリアに出かけた。それで向こうで、反町と知り合いになった。反町はいろいろ情報を収集し、とうとうザマニが日本にいることを突きとめた。そのことを御木本先輩に話すと……」

「御木本は、反町にムスファ・ザマニを始末してくれる奴はいねえかと相談した。おおかた、そんなとこなんだろう」

「堤の旦那、ザマニ射殺事件の捜査情報を集めてくれませんか」

「任せてくれ。後で、こっちから連絡すらあ」

「よろしく！」

鬼丸は通話を切り上げた。

それから十分ほど経つと、最初のピアノ演奏の時間が迫った。鬼丸は更衣室を出て、ピアノの前に坐った。

テーブル席は半分ほど埋まっていた。鬼丸は『ムーンリバー』を軽やかに弾きはじめた。ダンスフロアに出てくる客はいなかった。

鬼丸は『夜のストレンジャー』『テンダリー』『酒とバラの日々』『帰らざる河』の四曲をメドレーで演奏し、更衣室に引き揚げた。

長椅子に腰かけたとき、堤から電話がかかってきた。

「事件現場からレミントンM700スナイパーライフルの弾が発見されたそうだぜ」

「貫通弾ですね？」

「そうだ。犯人が放ったライフル弾はザマニの心臓部を貫いて、スクラップの中に落ちたらしい」

「で、犯人の遺留品は？」

　鬼丸は早口で訊いた。

「足跡だけらしいが、特殊なジャングルブーツを履いてたそうだ。その線から犯人の割出しはできるかもしれねえな」

「ザマニの所持品の中に反町と結びつくような物は？」

「それはなかったようだな。しかし、反町か御木本が在日パキスタン人たちと接触した可能性もある。地取りと聞き込みが進めば、もう少し手がかりが得られるだろう」

「そうでしょうね」

「鬼丸ちゃん、『シャングリラ』の社長室の電話に盗聴器を仕掛けてみろや」

「そこまではやりたくないんです。御木本先輩には何かと世話になってきたんでね。盗聴器を仕掛ければ、もっと早く片がつくとは思うんですが……」

「鬼丸ちゃんがそういう気持ちなら、無理に盗聴器を仕掛けることはないさ。おれが捜査状況を今後も探るよ」

「そうしてもらえると、ありがたいですね。ところで、反町は五階の事務局に籠ったままなんですか？」

「そうなんだ。おれが張り込んでからは一度も姿を見せてない。でも、ひょっとしたら、そろそろ現われるかもしれねえぞ。反町が御木本に頼まれてザマニを殺らせたんだとしたら、殺しの報酬の残金を犯人に手渡すだろうからな」

「そうですね」

「何か動きがあったら、また連絡するよ」

堤が先に電話を切った。鬼丸はスマートフォンを口許から離した。そのとき、着信音が響きはじめた。

発信者は橋爪記者だった。

「おれにまつわりついても、スクープ種なんか摑めませんよ」

「いきなり予防線を張りやがったか」

「そういうわけじゃないんですが……」

「きょうは別のことで電話したんだ。おたく、不審な中年男たちにリレー尾行されてるぞ」

「悪い冗談だな」

「真面目な話だって。まったく気づかなかったのか。後ろにおれのバイクが走ってないんで、すっかり警戒心を緩めてしまったようだな」

「おれをリレー尾行してた連中のことをもう少し詳しく教えてもらえます？」

「ああ、いいよ。三、四十代の男が四人、ペアを組みながら、おたくのレンジローバーを

五、六日前から尾けてる」
「えっ、そんなに前から⁉」

鬼丸は驚いた。

「そう。四人とも中年なんだが、どこか学生っぽい雰囲気が抜けないんだ。丸首セーターの上にブルゾンやダウンジャケットなんか羽織っててさ。もちろん、それぞれ年相応の老け方はしてるんだが、どこか青っぽいんだよ」

「そうですか」

「その四人が一度、三十五、六歳の凄い美女とファミリーレストランの駐車場で何か話し込んでたよ」

「その女が四人の男を動かしてる感じだったんですか？」

「そんなふうにも見えたし、逆に四人の男たちのほうが格が上だという感じにも映ったね。ただ、彼女は洗練された印象を与えたから、男たちとは住んでる世界が違うんじゃないのかな。気品があったし、服装のセンスも光ってた。多分、育ちがいいんだろう」

「そうですか」

「鬼丸君、何か思い当たるんじゃないの？」

橋爪が探りを入れてきた。

「思い当たりませんね、まるっきり」

「おたくは役者だからなあ。少しぐらいは何か教えろって」

「そう言われても、事実、思い当たる連中がいないんですよ」

「またまたお得意の手か。まいったね」

「少しは、おれを信じてくださいよ。それはそうと、きょうの夕方、足立区の車のスクラップ工場でパキスタンの男が仕事中に射殺されたでしょ？」

「その事件（ヤマ）のことは知ってるが、おたくがなぜ……」

「殺されたムスファ・ザマニという男と一度だけ会ったことがあるんですよ。彼はだいぶ前に『シャングリラ』に飛び込んできて、ボーイとして働かせてくれないかと言ったんです。どうも彼は、おれのことを支配人と思ったようですね」

　鬼丸は、もっともらしい作り話をした。

「だから？」

「彼は難民だとかで、だいぶ苦労したらしいんです。それで、なんとなく気になってたんですよ。早く犯人が捕まるといいなと思ってるんで、そのあたりのことをちょっと教えてほしかったんです」

「その事件（ヤマ）は、おれの担当じゃないんだ。だから、何も知らないんだよ」

「そうですか。なら、いいんです」

「鬼丸君、そのムスファ・ザマニというパキスタン人が裏仕事に何か関わりのある奴なんか」

「何を言ってるんです⁉　おれは、ただのピアノ弾きだって何度も言ったじゃないです

だろ？」

「時間を無駄にしてしまったな」

橋爪が厭味たっぷりに言って、通話を切り上げた。

鬼丸は電話を切ると、四人の男と美しい女性のことを考えはじめた。なんの脈絡もなく、押坂千草の顔が脳裏に浮かんで消えた。千草は三十代の半ばで、息を呑むほどの美人だ。品もあるし、ファッションセンスも悪くない。

しかし、似たような女性はほかにもいるだろう。鬼丸は頭を振って、千草の残像を搔き消した。

中年男たちは裏社会の人間ではなさそうだ。何か自由業に携わっているようだが、具体的な職種までは思い浮かばなかった。

やがて、二度目のステージの時間になった。

鬼丸は更衣室を出て、ふたたびピアノに向かった。オーナーの御木本が店に顔を出したのは、三曲目の『我が心のジョージア』の間奏に入った直後だった。

思いなしか、顔色がすぐれない。頰もこけたようだ。

御木本は客席を一つひとつ回り、如才なく挨拶しはじめた。今夜、思い切ってオーナー

に直に疑念をぶつけるべきか。

鬼丸はピアノを弾きながら、大いに悩みはじめた。

3

気が重かった。

後ろめたさも感じていた。鬼丸は長く息を吐いて、レンジローバーを降りた。

世田谷区上野毛の閑静な住宅街だ。

数軒先には、御木本の実家がある。大学時代はボクシング部の仲間たちと幾度も御木本の家で酒を酌み交わし、そのまま泊めてもらったものだ。

前夜、鬼丸はいったん御木本に詰問する気になった。しかし、いざ先輩と顔を合わせると、何も言い出せなくなってしまった。辛い現実に直面させられそうな気がして、詰め寄れなかったのである。

といって、このまま事をうやむやにはできない。そんなことで、鬼丸は御木本の母親の民代に会ってみる気になったわけだ。

午後二時を数十分過ぎていた。

鬼丸は寒風を切り裂きながら、御木本の実家に近づいた。ひときわ目立つ豪邸だ。敷地は三百坪ほどで、庭木が多い。

　数年前に他界した御木本の父親は、精密機器メーカーの創業者だった。いま現在は、御木本の姉の連れ合いが社長を務めている。民代は娘の家族と同居しているはずだ。

　鬼丸は門柱の前に立ち、インターフォンを鳴らした。ややあって、御木本の母親の声がスピーカーから流れてきた。

「どちらさまでしょうか?」

「ご無沙汰しています。鬼丸です」

「あら、お久しぶり！　滋から時々、あなたの話は聞いてたのよ」

「ちょっとお邪魔させてもらってもかまいませんか」

「どうぞ、どうぞ！　門の扉はロックしてないから、入ってきてちょうだい」

「はい」

　鬼丸は青銅の扉を押し、石畳のアプローチを進んだ。内庭の植え木や草花は手入れが行き届いている。

　広いポーチに達すると、玄関から御木本の母が現われた。ニットの藤色のアンサンブルを身につけていた。白髪が増えたようだが、まだ若々しい。六十七歳か、八歳になったはずだ。

「よく来てくれたわね。きょうは娘の一家が全員出かけてるんで、ちょっと退屈してたの。鬼丸君、ゆっくりしてってよ」

「ありがとうございます」

「さあ、入って入って」

民代が急かした。鬼丸は家の中に入った。
二十五、六畳のリビングルームに導かれた。鬼丸は庭の見える位置に腰かけた。リビングソファは外国製で、いかにも高そうだった。
民代が手早く二人分のコーヒーを淹れ、鬼丸の前に坐った。

「あなたの位置から庭のポプラの大木が見えるでしょ？　あれ、憶えてる？」

「ええ。初めて先輩の家を訪ねた日に一年生の部員が金を出し合って、手土産にウイスキーの角瓶二本とポプラの苗木を……」

「ええ、そうだったわね。それで酒盛りの途中で、鬼丸君たちが苗木をあの場所に植えたの。それが高さ十五メートル近くになって、いまではこの家のシンボルツリーになってるわ。亡くなった主人はポプラは巨木になるから、庭木には向かないと抜きたがってたんだけど、滋とわたしが猛反対して、とうとう抜かせなかったの」

「樹木の知識がまったくなかったので、気まぐれにポプラの苗木を買っちゃったんですよ。かえって、ご迷惑かけちゃいましたね」

「ううん、とても立派な記念樹になってるわ。鬼丸君たち後輩部員が最初に来た日から、もう二十年も経ってしまったのね。わたしも年取るはずだわ」

「お母さんは、まだ五十代で通りますよ」

「あら、嬉しいことを言ってくれるのね。仕出し屋さんに何かおいしいものを出前してもらいましょう。鬼丸君、京懐石コースなんていかが？」

「どうかお構いなく。少し前に昼飯を喰ったばかりですので、コーヒーだけで充分です」

「遠慮しないで」

「本当に腹が一杯なんです」

「それじゃ、後でフルーツか何かお出しするわ。ところで、滋はちゃんと鬼丸君にギャラを払ってる？」

「毎月八十万いただいています。先輩のおかげで、ホームレスにならなくて済みました」

「何を言ってるの。鬼丸君なら、何をやっても成功すると思うわ」

「世の中、そんなには甘くないでしょ？」

鬼丸は笑って、コーヒーをブラックで飲んだ。一拍置いてから、民代が声を発した。

「滋、あなたに体のことを話したみたいね」

「ええ、先日聞きました。末期癌とうかがって、とても驚きました。それで、抗癌剤の投与を受けるべきだと言ったのですが……」

「そう。わたしも、そう言いつづけてきたのよ。でも、滋はモルヒネで激痛を抑えるだけでいいと言い張って、頑に抗癌治療は受けようとしなかったの」

「先輩は頑固なとこがあるから、いったん言い出したら聞かないからな」

「そうなのよね。主治医の先生、滋は、あと七、八カ月しか保たないだろうとおっしゃってるの。だから、あの子の好きなようにさせようと思ってるのよ」

「医学がこれだけ進歩してるのに、癌の特効薬がまだできないなんて、なんだか腹立たしい気がします」

「わたしも同感よ。息子がたったの四十一年で生涯を閉じなければならないなんてね」

　民代がうつむき、目頭を押さえた。

「こないだ、先輩に『シャングリラ』の経営をやってみないかと言われたのですが、こっちは商才がまるっきりないんで、断りました。先輩はがっかりしたようですが、あまりにも荷が重いんでね」

「いいのよ、そんなことは気にしなくても。滋は自分のレーシングチームを持ちたいという夢をどうしても実現させたいんでしょうけど、他人を巻き添えにしてはいけないわ。そういうのは、わがままよ。人間、散るときは潔く散るべきだわ」

「そうなのかもしれませんが……」

「滋はボクシングで学生チャンプになれたし、カーレーサー時代には脚光も浴びた。ナイトクラブの経営だって、それなりに順調だったわ」

「そうでしたよね。先輩の人生は、ずっと輝いてましたよ」

「ただ、滋は恋愛運には恵まれなかったわね。離婚した亜未さんとは新婚数カ月で夫婦仲が悪くなって、結局は別れることになってしまった。滋は誰とも結婚すべきじゃなかったのよ。だって、あの子は婚約者のことが忘れられなかったのだから」

「その婚約者というのは、額賀さつきさんのことですね？　御木本先輩、その女性の写真をミニアルバムに貼って、毎日お店で眺めてるみたいなんです」

「そうなの。滋は不幸な形で額賀さつきさんと永遠の別れをさせられたから、恋の残り火をなかなか消すことができなかったんだと思う」

「婚約者の身に何があったんです？」

「滋は、そのことは鬼丸君にも打ち明けてなかったのね。当然かもしれないわ。あまりにも辛い出来事だったから」

「差し障りがなかったら、話していただけませんでしょうか？」

　鬼丸は頼み込んだ。御木本の母はしばらく迷ってから、意を決した口調で喋りはじめた。

「ちょうど十年前の事件なんだけど、さつきさんはパキスタンの東部で取材中に、現地の男たち三人に廃屋に連れ込まれて輪姦された後、主犯格の男に絞殺されてしまったのよ」

「そんなことがあったんですか」

「滋は大変なショックを受けて、さつきさんの納骨式があった日に睡眠薬自殺を図ったの。幸いにも発見が早かったので、一命は取り留めることができたんだけどね」

「三人の男たちは、どうなったんです？」

「当然、現地の警察に捕まったわ。共犯の二人は三年数カ月の服役で済んで、主犯格の男は六年の刑を受けたはずよ。滋は犯人たちの刑が軽すぎると怒って、パキスタンに渡り、共犯の二人に暴行を加えたようね。ただ、主犯格の男の居所は突きとめられなかったという話だったわ」

「その後、先輩はパキスタンに何度か出かけたんですか？」

「年に二、三度は行って、主犯格の男の行方を追いつづけたの。だけど、その男の居所は掴めなかったのよ。それで滋はパキスタンで農業指導や難民救済のボランティア活動に携わってる日本人の方たちに、主犯格の男に関する情報を集めてほしいとお願いしたみたいね」

「主犯格の男の名前は？」

「ムスファ・ザマニよ。皮肉なことにザマニは三年も前から日本にいたの。そして、昨日、足立区の勤め先で何者かに射殺されたのよ。きっと天罰が下ったんだわ」

「当然、先輩もそのことは知ってますよね？」

「ええ。わたしに電話をしてきて、滋も天罰が下ったんだと言ってたわ」

「そうですか」

「わたし、ムスファ・ザマニが誰かに撃ち殺されたと知って、まず安堵したの」

「安堵された？」

「ええ、そう。滋はザマニを見つけ出したら、必ず私的に裁くだろうと感じてたの。自分の命が残り少ないとわかってるんで、ムスファ・ザマニを殺すのではないかと思ってたのよ」

「ぼくが先輩だったら、おそらくザマニというパキスタン人を嬲り殺しにしてたでしょうね」

「仇討ちをしたいという気持ちはわかるけど、法を無視しちゃいけないわ。これで滋が人殺しにならなくて済んだんで、心底、ほっとしてるの。殺人者として息子が逮捕され、拘置所か刑務所で生涯を終えることになったら、辛過ぎるでしょう？」

「そうですね」

　鬼丸は同調し、紫煙をくゆらせはじめた。

　民代の話を聞いて、やっと御木本と反町の繋がりが透けてきた。御木本は反町から憎いムスファ・ザマニが日本にいることを教えられたのだろう。当初は自分の手でザマニを葬る気でいた先輩も、いつしか考えが変わったのではないか。

　おそらく御木本は、自分の手を汚すだけの価値のある敵ではないと考え直したのだろう。そこで彼は反町に三百五十万円を払い、実行犯の斡旋を依頼したと思われる。反町は幾らかの口利き料を取り、例の大柄な殺し屋にムスファ・ザマニを射殺させたのだろう。

「鬼丸君、何か果物でも用意するから、寛いでて」

民代が言って、腰を浮かそうとした。

「実は、あまりゆっくりしてられないんですよ。この後、人と会う約束がありますんで」

「そうなの。なんだか残念だわ」

「次はゆっくりとお邪魔することにします。コーヒー、とてもおいしかったですよ。どうもご馳走さま！」

鬼丸は勢いよく立ち上がった。

民代は名残惜しそうだったが、強くは引き留めなかった。鬼丸は御木本の実家を辞去すると、レンジローバーで代々木に向かった。数キロ走ったとき、堤から電話があった。

鬼丸は御木本の母親から聞いた話をつぶさに伝えた。

「これで、謎が解けたじゃねえか。御木本は単に反町に殺し屋の手配をしてもらっただけで、シリア難民の子供たちの密売ビジネスにゃ絡んでなかったんだろう」

「ええ、多分ね」

「鬼丸ちゃん、オーナーの殺人依頼の件はどうするつもりなんだ？」

「おれは検事でもないし、裁判官でもない。だから、御木本先輩をどうこうする気はありません」

「そうか。なら、おれも鬼丸ちゃんから何も聞かなかったことにするよ」

「堤の旦那、それでいいんですか？　一応、現職警官でしょ？」

「いまのおれは事務屋だ。別に現場捜査の仕事をしてるわけじゃないから、面倒なことに首を突っ込みたくないんだよ」

「堤さん、ありがとう。これで、御木本先輩は犯罪者にならなくて済みそうです」

「そうだろうな。それはそうと、代々木の雑居ビルにはデス・マッチ屋が張り込んでるんだろう？」

「そうです」

「だったら、鬼丸ちゃんが合流したら、蛭田に偽電話をかけさせろや」

堤が言った。

「偽電話？」

「そう。蛭田を爆破魔に仕立てて、『アースチルドレン』の事務局に時限爆破装置を仕掛けたって嘘の電話をかけさせるんだよ。あと五分そこそこでタイムアップになるって脅かせば、反町はスタッフたちと一緒に焦って雑居ビルから飛び出してくるだろう」

「そのとき、奴を取っ捕まえて、締め上げろってことですね？」

「そういうこと！」

「その手は使えそうだな。堤さん、悪知恵が働きますね」
「ちぇっ、いい知恵だろうが」
「旦那に感謝します」
鬼丸は電話を切ると、車の速度を上げた。
雑居ビルに着いたのは、午後三時四十分ごろだった。死角になる場所に黒いマスタング
が見える。蛭田の車だ。
鬼丸はレンジローバーを蛭田の車の真後ろに停めた。車から降りずに、蛭田に電話をす
る。そして、鬼丸は堤のアイディアをデス・マッチ屋に実行させた。
三分ほど経ったころ、雑居ビルの出入口から十数人の男女が焦った様子で走り出てき
た。その中に反町の姿もあった。
彼らは顔を強張らせながら、一斉に雑居ビルから遠ざかりはじめた。反町も片方の脚を
引きずりながら、懸命に走っている。
鬼丸はクラクションを短く鳴らし、車から出た。すぐに蛭田もマスタングを降りた。
二人は、逃げる男女を追いはじめた。ほどなく反町に追いついた。
鬼丸と蛭田は反町の腕を片方ずつ摑み、裏通りに引きずり込んだ。事務局のスタッフた
ちは、誰も異変には気づかなかった。
「わたしが何をしたって言うんだっ。二人とも手を放してくれ！」

反町が喚いて、全身でもがいた。

蛭田が反町に足払いを掛ける。義足を払われた反町は横倒しに転がった。

「身障者に手荒なことはしたくないんだ。そろそろ観念してほしいな」

鬼丸は穏やかに言った。

「なんのことなんだ？」

「あんたは愛人の香織とつるんで、彼女の夫の星野から三億円の預金小切手を脅し取った。その事実を知った吉永に強請られ、あんたは五百万円の口止め料を払わされた。自己防衛のため吉永と香織、さらにかつての妻だった万里江も葬った」

「そ、そんなことは……」

「まだ話は終わってないっ。あんたはそれ以前に謝と組んで、シリア難民の少年少女たち約八十人を歪んだ性癖を持つ里親に売りつけ、約二億円の儲けを二人で山分けした。さらに御木本滋から三百五十万円を貰って、大柄な殺し屋にパキスタン人のムスファ・ザマニを始末させた。あんたはボランティア団体の代表なんか務めてるが、骨の髄まで腐ってるな」

「わたしには、どれも身に覚えがないっ」

反町が身を起こし、急に走りはじめた。足が不自由だから、それほど速くは走れない。

鬼丸たちは反町を追った。

四、五十メートル先で、不意に反町が立ち止まった。彼の前方には、黒いフェイスキャップを被った大柄な男が立っていた。
「早く後ろの二人を片づけてくれ」

反町が巨漢に命じた。

ほとんど同時に、大柄な男の手許で銃口炎（マズル・フラッシュ）が瞬（またた）いた。銃声は轟（とどろ）かなかった。顔面に被弾した反町が棒のように倒れた。それきり動かない。

大柄な男は消音器を装着した自動拳銃を腰のベルトに差し込むと、身を翻（ひるがえ）した。そのまま猛然と駆けはじめた。

「あいつを取り押さえよう」

鬼丸は蛭田に声をかけ、逃げる男を追跡しはじめた。蛭田はすぐに従（つ）いてきた。

反町を撃った男はフェイスキャップを剝（は）ぎ取ると、ひょいと横道に走り入った。鬼丸たち二人は全速力で走った。

路地に駆け込むと、すでに巨身の男の姿は見当たらなかった。

「この近くに隠れてるんだろう」

「ええ、多分ね」

二人は小声で言い交わし、付近をくまなく捜し回った。だが、大柄な殺し屋はどこにも潜（ひそ）んでいなかった。

「おそろしく逃げ足の速え野郎だな」

蛭田が肩を弾ませながら、忌々しげに言った。

「傭兵崩れなんだろう」

「鬼丸さん、逃げた奴は反町が雇った殺し屋だったんでしょ？　なぜ野郎は、依頼人の反町をシュートしたんですかね。おれ、わけがわからないっすよ」

「どうやら反町は、誰かに利用されてたらしいな。奴を巧みに操ってた人物がいるはずだ」

「そいつは、いったい誰なんです？」

「わからない」

鬼丸は首を横に振った。だが、心のうちで御木本に疑惑の目を向けはじめていた。彼は反町の口から殺人依頼のことが洩れるのを恐れ、大柄な殺し屋を金で抱き込んで、不都合な人間を抹殺させたのではないか。

「もう反町は生きちゃいないでしょう」

「だろうな。仁、大きく迂回して車に戻ろう」

「了解！」

二人は疾駆しはじめた。

4

背中に固い物を突きつけられた。

消音器の先端だろう。鬼丸は感触で、そう覚った。御木本の自宅マンションの真ん前だ。鬼丸は代々木で蛭田と別れ、乃木坂にやってきたのである。

「御木本さんは自宅にはいないぜ」

背後で、男の低い声が響いた。鬼丸は首をいっぱいに巡らせた。

例の大柄な男が立っていた。フェイスキャップは被っていなかった。

「御木本先輩に頼まれて、反町を代々木で射殺したんだな？」

「まあな」

「あんたは反町に頼まれて、吉永裕樹、香織、万里江を始末した。そうだな？」

「その通りだ」

「それから、御木本先輩の報復の代行もしたなっ。ムスファ・ザマニを殺ったことさ」

「その仕事の依頼人は反町だった。もっとも彼は、御木本さんに殺しの実行犯を紹介してくれって頼まれただけみたいだがな」

「なぜ、反町を裏切ったんだ？」

「おれは殺しをビジネスにしてる。成功報酬が高けりゃ、どんな相手も始末するさ」

「御木本先輩はどこにいる？」

鬼丸は訊いた。

「その質問には答えられない」

「先輩は、おれまで消せと言ったのか？」

「もう口を閉じろ。さ、歩くんだ」

殺し屋がサイレンサーを強く押しつけてきた。いま反撃するのは危険だ。

鬼丸は逆らわなかった。少し歩くと、コンテナトラックが駐めてあった。

大男は拳銃で鬼丸を威嚇しながら、荷台の観音開きの扉を手早く開いた。鬼丸は小さく振り向き、拳銃の型を目で確かめた。S&W 910だった。

「先に荷台に入って腹這いになれ」

殺し屋が命令した。

鬼丸は言われた通りにして、反撃のチャンスを待った。すぐに大柄な男がコンテナの中に入ってきた。

扉が閉まったとき、庫内灯が消えた。反撃の好機だ。鬼丸は両腕を発条にして、敏捷に起き上がった。

そのとき、ふたたび庫内灯が点いた。荷台には何も積まれていなかった。

「逃げる気になったらしいな。逃げてみろよ」

殺し屋が余裕たっぷりに言って、コンテナの壁面まで退がった。銃口は鬼丸に向けられたままだ。

「御木本先輩に会わせてくれ」

鬼丸は言った。

「そう慌てるな。何も死に急ぐことはないだろうが」

「ここで、おれを始末する気らしいな」

「そういうことだ。おまえを殺る前に少し屈辱感を与えてやる。ゆっくりと両膝を落とせ！」

「おれに何をやらせる気なんだ⁉」

「いいから、黙ってひざまずくんだっ」

大柄な男が焦れて声を高めた。鬼丸は渋々、両膝を床についた。

「おれは両刀遣いなんだよ」

殺し屋がそう言いながら、片手で自分のペニスを摑み出した。巨根だった。早くも勃起しかけていた。

「おれにペニスをくわえさせる気なのかっ」

「その通りだ」

「殺されたって、そんなことはできない。汚いものを早く隠せ！」

鬼丸は怒声を放った。殺し屋が薄い唇を歪め、無造作に引き金を絞った。

発射音は小さかった。圧縮空気の洩れるような音がしただけだった。放たれた銃弾は鬼丸の足許に着弾し、大きく跳ねた。

「しゃぶらなきゃ、今度はおまえの肩を撃つぞ」

「わかった。おれの負けだ。言われた通りにしよう」

鬼丸は相手を油断させ、反撃のチャンスをうかがうことにした。大柄な男が性器を晒しながら、無防備に近づいてくる。

鬼丸は殺し屋の腹部に頭突きをかませた。

相手が体を折って、仰向けに引っくり返った。鬼丸は殺し屋にのしかかり、相手の利き腕を床に押さえつけた。そうしながら、殺し屋の顔面に十発近いパンチを叩き込む。

相手がぐったりとした。鬼丸はＳ＆Ｗ910を奪うなり、消音器の先端を相手の右の太腿に押し当てた。迷わず引き金を絞る。くぐもった発射音がした。

殺し屋が不揃いの歯列を剝き、長く唸った。鬼丸は消音器の先を相手の眉間に密着させた。大男の眼球が恐怖で盛り上がった。

「名前から聞こうか」

「遊佐だ。遊佐耕太だよ」

「昔、陸自（りくじ）のレンジャー隊員だったのか？　それとも、フランス陸軍の外人部隊にでもいたのかい？」

「どっちでもない。おれは二年前までロスの射撃場（シューティング・レンジ）で働いてた。下働きからスタートして、憧（あこが）れの射撃指導員（シューティング・インストラクター）になった。けど、給料は頭にくるほど安かったね」

「それで日本に戻ってきて、殺し屋（プロ）になったわけか」

「そうだよ」

　遊佐と名乗った男が短く応じ、銃創（じゅうそう）の痛みに顔をしかめた。

「反町が香織と組んで星野守広から脅し取った三億円の小切手は、すでに現金化されてるのか？」

「そういうことは何も知らない。おれの仕事は殺しだからな。依頼人が考えてることやってることには関心がないんだ」

「そうか。もう一度訊（き）く。御木本先輩はどこにいる？」

「居所はわからない。あんたを生捕りにしたら、御木本さんにこっちから連絡することになってたんだ」

「先輩は、おれを始末しろとは言わなかったんだな？」

「ああ。あんたを生捕りにしてくれって言われただけだ」

「そうか」

「おれをどうする気なんだ？」

「殺しはしないさ。ただ、当分、殺し屋稼業はできなくなるだろうな」

鬼丸は言うなり、遊佐の左の太腿に九ミリ弾を撃ち込んだ。いつの間にか、遊佐の性器は縮こまっていた。

鬼丸は遊佐の右の二の腕にも銃弾をめり込ませた。遊佐が転げ回りはじめた。鬼丸は遊佐から離れ、銃把(グリップ)から弾倉(マガジン)を引き抜いた。S&W910のフル装弾数は十六発だ。残弾は十二発だった。

マガジンを銃把の中に戻し、サイレンサー付きの自動拳銃を腰の横に差し込む。

「おれを荷台に置き去りにする気なのかっ。出血がひどいんだ。早く救急車を呼んでくれよ」

遊佐が呻きながら、情けない声で哀願した。

「殺し屋がみっともないぜ」

「おれは何人も撃ち殺してるが、自分がシュートされたのは初めてなんだ」

「もっと長く生きたかったら、自分のスマホで救急車を呼ぶんだな」

鬼丸は冷然と言い捨て、荷台から飛び降りた。コンテナの扉をきちんと閉め、レンジローバーに駆け寄った。

運転席に入ってから、御木本のスマートフォンを鳴らす。

「遊佐は失敗(ドジ)を踏みましたよ」

「やっぱり、そうなったか。で、あいつはどうなったんだ？」

「奴が持ってた武器を奪って、三発ぶち込んでやりました」

「鬼丸、あの男を殺してしまったのか⁉」

「まだ生きてます。コンテナトラックの荷台でのたうち回ってるでしょう。先輩、どうして反町を遊佐に殺(や)らせたんです？」

「反町は欲の深い奴でな、おれにあるパキスタン人を始末してくれる殺し屋を紹介してくれたんだが、殺人依頼の口止め料として一億円も要求してきたんだよ。だから、遊佐に五百万で反町を葬ってもらったのさ」

「そのパキスタン人というのは、ムスファ・ザマニのことですね？」

「なぜ、おまえがそんなことまで知ってるんだ⁉」

　御木本が声を裏返らせた。鬼丸は額賀さつきのミニアルバムをこっそり見たことを明かし、御木本の母親にも会ったことを打ち明けた。

「そうだったのか」

「額賀さつきさんの恨みを晴らしたかったら、先輩自身がザマニを殺すべきだったんじゃないのかな」

「そうしたかったさ。しかし、おれが人殺しになったら、おふくろや姉貴が生きづらくなるじゃないか」

「身内を思い遣る気持ちはわかりますが、先輩らしくありませんね」

「軽蔑するか、このおれを？」

「別に軽蔑はしません。ただ、少し失望しました」

「だろうな。それはそうと、マーガレットを預かってる」

「マギーを人質に取ったんですか⁉」

「そうだ。遊佐がおまえを押さえられないかもしれないと思って、大事を取ったんだよ」

「マギーはどこにいるんだっ」

「伊豆の北川にいる。熱川温泉寄りの知り合いの山荘に閉じ込めてあるんだ。すぐにこっちに来い」

御木本がそう言い、詳しい場所を教えた。

鬼丸は電話を切ると、急いで車を発進させた。首都高速道路から東名高速道路の大井松田ＩＣまで進み、国道二五五号線をたどって国道一三五号線をひたすら南下する。

目的の別荘を探し当てたのは、二時間数十分後だった。とうに暗くなっていた。

季節外れとあって、点在する山荘には人気はなかった。御木本に教えられた別荘はアルペンロッジ風の造りで、二階建てだった。

鬼丸は山荘の少し手前で車を降り、消音器付きのＳ＆Ｗ910を握った。

中腰で別荘に近づき、敷地内に忍び込む。サンデッキに接近すると、庭木の陰から三つの人影が飛び出してきた。

どの顔にも見覚えがあった。かつて鬼丸が潜入していた過激派セクトの幹部たちだった。いずれも四十代で、植物状態になってしまった押坂勉の同志である。

村中という幹部はＡＫ・47を構えていた。ロシア製の突撃銃で、装弾数は三十発だ。花沢と杉山は、マカロフＰｂを手にしていた。ロシア製のサイレンサー・ピストルだ。

「御木本先輩は、どこにいるんだっ」

鬼丸は頭が混乱しそうだった。なぜ、村中たち三人が待ち受けていたのか。

「武器を捨てろ！」

村中が声を張った。

マーガレットを救出するまでは抵抗できない。鬼丸はＳ＆Ｗ910を足許に落とした。花沢が大股で歩み寄ってきて、Ｓ＆Ｗ910を拾い上げた。

三人の男が鬼丸を取り囲んだ。鬼丸は山荘の中に連れ込まれ、奥の一室に導かれた。

そこには、全裸のマーガレットが監禁されていた。両手と両足を麻縄で縛られている。

マーガレットの目は焦点が合っていなかった。

「マギー、何をされたんだ？」

鬼丸は問いかけた。マーガレットは鬼丸を見ると、明らかに怯えはじめた。どうやらシヨックから、精神のバランスを崩してしまったらしい。

「おまえら、マギーに何をしたんだっ」

鬼丸は三人の幹部たちを順番に睨めつけた。すると、村中が好色そうな笑みを浮かべた。

「退屈しのぎに、白人女を二回ずつ姦ったのさ」

「汚いことをしやがる」

「おまえのほうがよっぽど汚いだろうが。公安のイヌだったんだからな。おまえはまんまと組織に潜り込み、押坂をSに仕立てようとした。女をレイプするよりも、そっちのほうがずっと汚いぞっ」

「マギーが、おまえらに何かしたわけじゃないだろうが！」

「その女は運が悪かったのさ」

「ふざけるなっ」

鬼丸は村中に殴りかかろうとした。相手の顔面にパンチが届く前に、突撃銃の銃身で側頭部を強打された。

目から火花が散った。鬼丸は頭に手を当てながら、その場にうずくまった。花沢と杉山が走り寄ってきた。鬼丸は麻縄でがんじがらめに縛られ、別室に移された。

「おまえの彼女をまた三人で弄んでやるか」

村中がそう言い、鬼丸を突き転がした。三人の男はにやつきながら、部屋から出ていった。

床に転がされた鬼丸は全身で暴れた。だが、少しも縛めは緩まなかった。

十分ほど経過すると、部屋のドアが開けられた。入ってきたのは、なんと押坂千草だった。一瞬、わが目を疑った。

「きみがなぜ、ここにいるんだ⁉」

鬼丸は何か悪い夢でも見ているような気がした。およそ現実感がなかった。

「兄の所属してるセクトは、もう闘争資金が底をつきかけてるそうなの。だから、村中さんたちは反町潤一が愛人の香織と組んで東都銀行の星野から脅し取った三億円の預金小切手を横奪りしたのよ。反町がシリア難民の少年少女たちを変態気味の里親に売ってた事実を恐喝材料にしてね」

「村中たちは、どんな方法で反町の弱みを摑んだんだ？」

「それは、御木本さんから聞いたのよ。御木本さんは兄のセクトの隠れシンパだったの。レーサー時代から、ずっと組織にカンパしてたそうよ」

「信じられないな、そんな話は。先輩は思想的には右寄りだからな」

「それはカムフラージュだったんだと思うわ」

「セクトの隠れシンパであることを周りの人間に看破されないための芝居だったと言うの

か？」

「ええ、そうよ。御木本さんは資産家の息子に生まれたことを子供のころから、ずっと後ろめたく思ってたみたい。そんなことで反体制運動に傾いたらしいんだけど、過激的な思想に走るだけの勇気はなかったようなの。それで、兄のセクトにカンパだけしつづけてたという話よ」

「きみは押坂が所属してるセクトの闘争資金の調達に協力したわけか」

「ええ、間接的ながらね。村中さんたち幹部は、兄の夢を叶(かな)えてくれると言ってくれたの」

「はぐれ者たちのコミューン建設という夢のことだな？」

「ええ、そう」

「その目的のため、きみらは吉永姉弟(きょうだい)や星野香織まで殺害したのか？」

「違うわ。その三人を遊佐という殺し屋に始末させたのは、死んだ反町よ。村中さんたちは吉永万里江を拉致して、彼女の弟が反町から脅し取った五百万円を横奪りしようと思っただけ。でも、鬼丸さんが拉致未遂事件を調べはじめたので、セクトの幹部たちは、その計画を途中で断念したの」

千草が言った。

「反町は自分の悪事が暴(あば)かれるのを恐れて、その三人を殺し屋に葬らせたわけか」

「ええ、その通りよ」

「そして村中たちは反町から三億円を脅し取った後、遊佐に始末させたんだなっ」

「そうよ」

「村中たちは一連の事件を嗅ぎ回ってたおれも始末する気なんだろう？」

「そうするつもりだったみたいだけど、御木本さんに強く反対されたんで、それは諦めたようだわ」

「御木本先輩をここに呼んできてくれ」

「さっき東京に帰ったわ。わたしが鬼丸さんを追い詰めるところを見たくなかったんでしょうね」

「おれを追い詰めるだって？　それは、どういう意味なんだ？」

鬼丸は問いかけた。

「村中さんたちは、鬼丸さんが兄を歩道橋の階段から突き落としたんじゃないかと疑ってるの。もちろん、その当時、あなたが公安調査官だったことも調べ上げたそうよ」

「えっ」

「鬼丸さん、わたしには真実を教えて。大好きな男性をこんな形で追い詰めたくはなかったけど、兄は大切な家族なの」

「……………」

「鬼丸さん、答えて！」

千草が叫ぶように言った。鬼丸は覚悟を決め、事実を語った。

「やっぱり、そうだったのね」

「ずっと黙っていて悪かった。きみが望むなら、おれは法の裁きを受けよう。ただ警察に通報する前に、マギーは解放してやってくれないか。彼女はなんの関わりもないのに村中たち三人に穢(けが)されて、心のバランスが崩れてしまったんだ。もうマギーは充分に傷つけられた。だから、すぐにここから出してやってくれ」

「マーガレットさんは鬼丸さんに強く愛されてるのね。羨(うらや)ましいわ。彼女は、じきに解き放してあげる」

「約束してくれるな？」

「ええ。でも、あなたにはわたしの裁きを受けてもらいます」

千草がそう言い、腰の後ろから消音器付きのS＆W910を取り出した。さきほど奪われた拳銃だった。

「おれを撃ち殺したければ、そうすればいいさ」

「ええ、死んでもらうわ」

「迷わず引き金を絞れ！」

鬼丸は千草の顔を見ながら、大声で促(うなが)した。

千草が銃把を両手で握り、しなやかな細い人差し指を引き金に深く巻きつけた。だが、発射音はしない。千草が銃口を下に向け、声を殺して泣きはじめた。

ちょうどそのとき、村中たち三人が部屋に入ってきた。

「出ていって！　鬼丸さんは兄を突き落としてなんかなかったわ」

千草が三人の幹部に向かって涙声で言った。

と、村中が大声で叫んだ。

「そんなはずはない。そいつが絶対に押坂を歩道橋の階段から突き落としたんだよ」

「そうじゃないわ」

「きみは騙されてるんだ」

「早く出ていかないと、三人とも撃つわよ」

千草が消音器付きの自動拳銃を構えた。

次の瞬間、村中のＡＫ-47の銃口が赤く瞬いた。千草は四、五発被弾し、壁面まで吹き飛ばされた。倒れたきり微動だにしない。

「なんてことをしたんだっ」

鬼丸は村中を詰った。村中が突撃銃の銃口を鬼丸に向けてきた。その目は暗く燃えていた。

「きさまもくたばれ！」

村中が銃床を右肩に当てた。

そのとき、出入口で短機関銃（サブマシンガン）の連射音が響いた。村中、花沢、杉山の三人が相次いで床に倒れた。三人とも撃たれていた。

「鬼丸、怪我はないか？」

御木本がミニＵＺＩ（ウジー）を手にしながら、駆け寄ってきた。彼はイスラエル製の短機関銃を床に置くと、手早く鬼丸の縛め（いまし）をほどいた。

鬼丸は、礼の代わりに御木本の顔面に右のロングフックを見舞った。御木本がよろけた。

ちょうどそのとき、村中が突撃銃で御木本の腹部を撃った。御木本はバレリーナのように体を旋回させてから、ミニＵＺＩを拾い上げた。そして、すかさず撃ち返した。放った九ミリ弾は村中の額を撃ち砕いた。虫の息だった花沢が、御木本の左胸を撃ち抜いた。

御木本が倒れる。鬼丸は花沢の頭を蹴り上げた。杉山は、すでに息絶えていた。

鬼丸は御木本に駆け寄った。御木本は虚空（こくう）を睨みながら、縡切れ（ことき）ていた。血の臭いでむせそうだ。ほどなく花沢も死んだ。

鬼丸は部屋を走り出て、マーガレットのいる部屋に急いだ。

何も考えられなかった。ただ、夢中で走った。

エピローグ

画像を停止させる。

鬼丸は目を凝らした。やはり、マーガレットはほほえんでいる。昨夕、鬼丸は恋人の入院先を訪れ、スマートフォンで動画撮影したのである。

千草や御木本が死んだのは、もう一カ月以上も前だ。年は変わっていた。自宅だった。

鬼丸は『シャングリラ』のオーナーになっていた。御木本はマーガレットを人質に取り、鬼丸にも罠を仕掛けた。そのこと自体は、いまも赦せない気持ちだ。

だが、御木本は鬼丸を庇うために村中たち三人に銃弾を浴びせた。その行為は先輩なりの償いだったにちがいない。

鬼丸はそう考え、裏仕事で稼いだ金の一部を御木本の母親に渡して店の権利を譲ってもらったのだ。支配人やフロアマネージャーに助けられながら、なんとか店を切り盛りしている。

ナンバーワン・ホステスだった奈穂には、ママをやってもらっていた。彼女は最初、まだ年齢が若すぎるからと尻込みした。鬼丸は粘り強く説得し、ママを引き受けてもらったのである。

「マギーは確かに笑ってる」

鬼丸は動画に目を当てながら、声に出して呟いた。不覚にも涙ぐみそうになった。

伊豆の北川の山荘からマーガレットを救出すると、鬼丸は彼女をただちに都内の神経科クリニックに入院させた。院長の診断によると、マーガレットはショックで突発性の強迫神経症に罹ってしまったらしい。

事実、彼女は鬼丸が近寄っただけで、全身を震わせた。記憶もなく、恋人も認識できないほどの重症だった。

鬼丸はほぼ毎日、マーガレットを見舞ってきた。そのつどマーガレットは険しい目を向けてきたが、彼は優しく語りかけつづけた。二人が出会った日のことも繰り返し喋った。十日ほど経つと、マーガレットの表情から敵意が消えた。それでも彼女は、鬼丸のことをまだ思い出せない様子だった。

鬼丸は絶望的な気持ちになりそうになった。しかし、根気強くマーガレットの病室に通いつづけた。一週間ほど前から、彼女は鬼丸の顔をまじまじと見つめるようになった。そして昨夕、ほんの一瞬だったが、微笑したのである。

そう遠くない日にマーガレットの記憶は蘇るのではないか。その日が待ち遠しい。

鬼丸はそう思いつつも、恋人が記憶を取り戻すことを少し恐れていた。

いやでもマーガレットは、山荘での忌わしい出来事を思い出すことになる。恥辱の烙印は、そうたやすく消せないだろう。身を穢されたことで、マーガレットは妙な負い目を感じてしまうのではないか。その結果、二人の関係がぎくしゃくするかもしれない。

マーガレットは、まったくの被害者だ。なんの罪もなかったし、落ち度もない。

「おれがマギーを不幸にしたようなもんだ。だから、自分が彼女を幸せにしてやらなければな」

鬼丸は独りごち、動画を停止させた。居間のソファに腰かけ、煙草に火を点ける。

深く喫いつけたとき、脳裏に押坂千草の顔が閃いた。

千草はS&W910の引き金を絞らなかった。それは、まだ鬼丸に恋情を寄せていたからだろう。千草は自分を庇ったため、村中に撃ち殺されてしまった。鬼丸は千草の熱い想いには何も応えてやることができなかった。

押坂兄妹には一生かかっても返せない借りを作ってしまった。うまく押坂の夢を実現させることができたとしても、それが免罪符になるわけではない。それでもコミューン建設を果たせば、少しは背負った十字架が軽くなるのではないか。

煙草を喫い終えたとき、堤刑事から電話がかかってきた。

「静岡県警の捜査線上に鬼丸ちゃんやマーガレットの名は、依然として挙がってねえよ」

「そうですか」

「御木本の件で刑事が一度、店に現われたって話だったが、その後は？」

「一度来たきりですよ」

「なら、県警は山荘で内ゲバがあったと思うだろう。公安は、御木本が過激派セクトのシンパだった事実を把握してるようなんだ。だから、もう鬼丸ちゃんは捜査圏外になったよ」

「堤さん、自分の生き方は狡いでしょうか。たくさんの人間が死んだというのに、おれは無傷で安全圏内にいる」

　鬼丸は言った。

「それでいいんだよ。そっちには、やらなきゃならねえことがあるじゃねえか」

「それはそうなんですが……」

「変に感傷的になっちまったら、裏稼業でしくじることになるぜ。それより依頼人の吉永万里江に渡すことになってた五百万、まだ手許にあるんだろ？」

「ええ。そのうち、吉永姉弟の遺族にそっくり返すつもりです」

「そっくり返す？」

「はい。おれは引き受けた仕事を完璧にこなせなかったわけですから、成功報酬は貰えないでしょ？」

「鬼丸ちゃんのそういうダンディズムは、カッコいいよ。カッコよすぎらあ。おれなら、黙って懐に入れちまうね」

「旦那だって、そんなことはできないと思います」

「いや、おれは欲深だからな。なんなら、その五百万を回してもらうか。それで、銀座でクラブ活動でもするかな」

「いいですよ、それでも」

「冗談だよ、冗談！　デス・マッチ屋はきのう、メキシコに出稼ぎに行ったんだったな？」

「ええ、そうです」

「それじゃ、そのうち玄内の坊やを交えて三人で飲もうや」

堤が電話を切った。

鬼丸はスマートフォンをコーヒーテーブルの上に置くと、長椅子に寝そべった。まだ午後三時過ぎだ。店に顔を出す前に、ひと眠りする気になったのである。

まどろみかけたとき、部屋のインターフォンが鳴った。鬼丸は眠気を殺がれてしまった。起き上がって、玄関ホールに足を向ける。ドア・スコープを覗くと、奈穂が立っていた。

鬼丸はドアを開けた。

「どうした？」

「客寄せの企画をいろいろ思いついたんです。

「ちょっと話を聞いてもらえますか」

「もちろんさ。入ってくれ」

「ありがとう」

奈穂が黒いカシミヤのコートを脱ぎ、室内に入った。砂色のスーツがシックだった。

鬼丸は奈穂を居間に導いた。ソファに坐りかけた奈穂が困惑顔になった。

「どうしたんだ？」

鬼丸は問いかけた。

「ストッキングが伝線しちゃったの。予備を持ってるから、穿き替えます」

「いいじゃないか。伝線ぐらい気にするなって」

「これでも一応、女よ。レディーの嗜みぐらいはちゃんとしないとね。ちょっと寝室を借りてもいいかしら？」

「かまわないよ」

「それじゃ……」

奈穂が居間に接したベッドルームに入った。鬼丸は長椅子に腰を沈め、煙草を吹かしはじめた。

いくら待っても、奈穂は姿を見せない。いったい、どうしたのか。

十数分が経過したころ、奈穂の切迫した声がドアの向こうから響いてきた。

「先生、ちょっと来てください」

「具合でも悪いのか？」

鬼丸は長椅子から立ち上がった。軽くノックをしてから、寝室のドアを大きく開けた。

危うく鬼丸は声をあげそうになった。全裸の奈穂がベッドに仰向けに横たわっていたからだ。

「なんのつもりなんだ⁉」

鬼丸はベッドに背を向けた。

「わたし、やっぱり先生のことが好きなんです。どうしても諦めきれないんですよ。マーガレットさんの記憶が戻るまでの間でいいから、わたしを女性として扱ってほしいの」

「おれは、そんな器用な男じゃない」

「女に恥をかかせないでください。先生、お願い！」

「服を着てくれ」

「せめて一度だけ、わたしを抱いて」

奈穂が切迫した声でせがんだ。鬼丸は無言で寝室を出て、リビングソファに坐った。

すぐに寝室から嗚咽が洩れてきた。鬼丸は少し心が揺れたが、そのまま動かなかった。

しばらく経ってから、奈穂が姿を見せた。きちんと身繕いをし、化粧もされている。

「泣くだけ泣いたら、なんだか憑きものが落ちたような感じだわ。先生にまとわりついて迷惑かけちゃいましたけど、もう一人相撲は終わりにします」

「そうか。きみを傷つけたくはなかったんだが……」

「先生、もういいの。わたし、いいママになります」

「そうしてくれないか」

「さっきの話は、お店で相談します」

「そのほうがいいな」

鬼丸は目で笑いかけた。奈穂がほほえみ返し、さばさばとした表情で玄関に足を向けた。

わざと鬼丸は見送らなかった。奈穂が部屋を出ていった。

長椅子に横になろうとしたとき、スマートフォンが着信音を奏ではじめた。発信者は毎朝タイムズの橋爪記者だった。

「おたく、『シャングリラ』のオーナーになったんだって？　そのへんの経緯をじっくり聞きたいね」

「何も話すことなんかありませんよ。御木本先輩が急死したんで、おれが店の経営を引き継いだだけです」

「御木本は、村中たちのセクトに長いことカンパしてたそうじゃないか。伊豆の山荘で、何があったんだ？　おたくなら、何か知ってるにちがいない」

「何も知りませんよ。店のオーナーになったら、やたら忙しくなっちゃいましてね。悪いけど、これで失礼させてもらいます」

鬼丸は一方的に電話を切ると、煙草とライターを引き寄せた。


著者注・この作品はフィクションであり、登場する人物および団体名は、実在するものといっさい関係ありません。

本書は、『罠地獄　危機抹消人』と題し、二〇〇二年十二月に徳間文庫から刊行された作品に、著者が大幅に加筆修正したものです。

罠地獄

一〇〇字書評

切り取り線

購買動機（新聞、雑誌名を記入するか、あるいは○をつけてください）

□（　　　　　　　　　　）の広告を見て	
□（　　　　　　　　　　）の書評を見て	
□ 知人のすすめで	□ タイトルに惹かれて
□ カバーが良かったから	□ 内容が面白そうだから
□ 好きな作家だから	□ 好きな分野の本だから

・最近、最も感銘を受けた作品名をお書き下さい

・あなたのお好きな作家名をお書き下さい

・その他、ご要望がありましたらお書き下さい

住所	〒				
氏名		職業		年齢	
Eメール	※携帯には配信できません		新刊情報等のメール配信を 希望する・しない		

この本の感想を、編集部までお寄せいただけたらありがたく存じます。今後の企画の参考にさせていただきます。Eメールでも結構です。

いただいた「一〇〇字書評」は、新聞・雑誌等に紹介させていただくことがあります。その場合はお礼として特製図書カードを差し上げます。

前ページの原稿用紙に書評をお書きの上、切り取り、左記までお送り下さい。宛先の住所は不要です。

なお、ご記入いただいたお名前、ご住所等は、書評紹介の事前了解、謝礼のお届けのためだけに利用し、そのほかの目的のために利用することはありません。

〒一〇一－八七〇一
祥伝社文庫編集長　清水寿明
電話　〇三（三二六五）二〇八〇

祥伝社ホームページの「ブックレビュー」からも、書き込めます。

www.shodensha.co.jp/bookreview

祥伝社文庫

罠地獄（わなじごく）　制裁請負人（せいさいうけおいにん）

令和 4 年10月20日　初版第 1 刷発行

著　者　南　英男（みなみ ひでお）
発行者　辻　浩明
発行所　祥伝社（しょうでんしゃ）
東京都千代田区神田神保町 3-3
〒101-8701
電話　03（3265）2081（販売部）
電話　03（3265）2080（編集部）
電話　03（3265）3622（業務部）
www.shodensha.co.jp
印刷所　堀内印刷
製本所　ナショナル製本
カバーフォーマットデザイン　芥　陽子

本書の無断複写は著作権法上での例外を除き禁じられています。また、代行業者など購入者以外の第三者による電子データ化及び電子書籍化は、たとえ個人や家庭内での利用でも著作権法違反です。
造本には十分注意しておりますが、万一、落丁・乱丁などの不良品がありましたら、「業務部」あてにお送り下さい。送料小社負担にてお取り替えいたします。ただし、古書店で購入されたものについてはお取り替え出来ません。

Printed in Japan ©2022, Hideo Minami ISBN978-4-396-34849-6 C0193

祥伝社文庫の好評既刊

南 英男　悪党（アウトロー） 警視庁組対部分室

㊚（マルボウ）内に秘密裏に作られた、殺しの捜査のスペシャル相棒チーム登場！ 力丸（りき まる）と尾崎（おざき）に、極秘指令が下される。

南 英男　シャッフル

カレー屋店主、OL、元刑事、企業舎弟（フロント）社員が大金を巡る運命の選択を迫られた！ 緊迫のクライム・ノベル。

南 英男　闇処刑 警視庁組対部分室

腐敗した政治家や官僚の爆殺が続く。そんななか、捜査一課を出し抜く、無法刑事コンビが摑んだ驚きの真実！

南 英男　疑惑接点

フリージャーナリストの死体が見つかった。事件記者の彼が追っていた幾つもの凶悪事件を繋ぐ奇妙な接点とは？

南 英男　特務捜査

男気溢れる〝一匹狼〟の刑事が迷宮入り直前の凶悪事件に挑む。目撃者のない、テレビ局記者殺しの真相は？

南 英男　新宿署特別強行犯係

警視庁と四谷署の刑事が次々と殺害された。新宿署に秘密裏に設置された強行犯係『潜行捜査隊』に出動指令が！

祥伝社文庫の好評既刊

南 英男 **邪悪領域** 新宿署特別強行犯係

裏社会に精通した情報屋が惨殺された。耳と唇を切られた死体は、何を語るのか？ 強行犯係が事件の闇を炙り出す。

南 英男 **冷酷犯** 新宿署特別強行犯係

テレビ局の報道記者が偽装心中で殺された。背後にはロシアンマフィアの影が！ 刈谷たち強行犯係にも危機迫る。

南 英男 **遊撃警視**

「凶悪犯罪の捜査に携わりたい」準キャリアの警視加納は、総監直接の指令の下、単独の潜行捜査に挑む！

南 英男 **甘い毒** 遊撃警視

殺害された美人弁護士が調べていた、金持ち老人の連続不審死。やがて、老人に群がる蠱惑的美女が浮かび……。

南 英男 **暴露** 遊撃警視

美人TV局員の失踪で浮かび上がる炎上ポルノ、暴力、ドラッグ……行方不明と殺しは連鎖化するのか？

南 英男 **異常犯** 強請屋稼業

悪党め！ 全員、地獄送りだ！ 一匹狼の探偵が怒りとともに立ち上がる！ 甘く鮮烈でハードな犯罪サスペンス！

祥伝社文庫の好評既刊

南英男　奈落　強請屋稼業

違法カジノと四十数社の談合疑惑。悪逆非道な奴らからむしり取れ！　一匹狼の探偵が大金の臭いを嗅ぎつけた！

南英男　挑発　強請屋稼業

一匹狼の探偵が食らいつくエステ業界の華やかな闇——美しき女社長は甘くて怖い毒を持つ⁉

南英男　暴虐　強請屋稼業

東京湾上の華やかな披露宴で大爆発！連続テロの影に何が？　一匹狼の探偵が最強最厄の巨大組織に立ち向かう！

南英男　悪謀　強請屋稼業

殺人凶器はインディアン・トマホーク。容疑者は悪徳刑事…一匹狼探偵の相棒が断崖絶壁に追い詰められた！

南英男　警視庁武装捜査班

火器ぶっぱなし放題！　天下御免の強行捜査！　解決のためなら何でもありのスペシャリストチーム登場！

南英男　錯綜　警視庁武装捜査班

社会派ジャーナリスト殺人が政財界の闇をあぶり出した——カジノ利権に群がるクズを特捜チームがぶっつぶす！

祥伝社文庫の好評既刊

南 英男 **怪死** 警視庁武装捜査班

天下御免の強行捜査チームに最大の難事件！　ブラック企業の殺人と現金強奪事件との接点は？

南 英男 **突撃警部**

心熱き特命刑事・真崎航のベレッタ92FSが火を噴くとき――警官殺しの裏に警察をむしばむ巨悪が浮上した！

南 英男 **疑惑領域** 突撃警部

剛腕女好き社長が殺された。だが全容疑者にアリバイが⁉　特命刑事真崎航、思いもかけぬ難事件。衝撃の真相とは。

南 英男 **超法規捜査** 突撃警部

シングルマザーが拉致殺害された！　残された幼女の涙――「許せん！」真崎航のベレッタが怒りの火を噴く！

南 英男 **闇断罪** 制裁請負人

セレブを狙う連続爆殺事件。首謀者は誰だ？　凶悪犯罪を未然に防ぎ、ワルも恐れる〝制裁請負人〟が裏を衝く！

南 英男 **裏工作** 制裁請負人

乗っ取り屋、裏金融の帝王、極道よりワルいやつら…鬼丸が謎の組織に拉致された！　株買い占めの黒幕は誰だ？

〈祥伝社文庫　今月の新刊〉

坂井希久子
妻の終活
余命一年。四十二年連れ添った妻が末期がんを宣告された。不安に襲われた老夫は……。

桜井美奈
相続人はいっしょに暮らしてください
高三の夏、突然ふってわいた祖母の遺産相続。受け取るための〝ささいな〟条件とは？

鷹樹烏介
武装警察 第103分署
麻薬、銃、機関砲……無法地帯に跋扈する悪。魔窟を一掃すべく一匹狼の刑事が降り立つ！

睦月影郎
青頭巾ちゃん
殺人遺体が続出するペンション。青いコートの人喰い女は何者か。新感覚ホラー×官能！

法月綸太郎
二の悲劇 新装版
二人称で描かれる失楽園の秘密とは！　探偵法月を最も翻弄した幻惑と苦悩の連続殺人！

南　英男
罠地獄（わなじごく） 制裁請負人
狙われた女社長、逆援助交際クラブ、横領三億円の行方……奈落で笑う本物の悪党は誰だ？

小杉健治
ひたむきに 風烈廻り与力・青柳剣一郎
浪人に殺しの疑いが。逆境の中、己を律して生きるその姿が周りの心を動かす！

門田泰明
天華の剣（てんげのけん） (上)
新刻改訂版　浮世絵宗次日月抄
幕府最強の隠密機関「白夜」に宗次暗殺の厳命、下る──。娯楽文学史に燦然と輝く傑作！

門田泰明
天華の剣（てんげのけん） (下)
新刻改訂版　浮世絵宗次日月抄
次期将軍をめぐる大老派と老中派の対立。強大な権力と陰謀。宗次、将軍家の闇を斬る！